KB043594

항아
嫦娥

운모 병풍에 촛불 그림자 그윽하고
은하는 점점 기울어 새벽별은 지고 있네
항아는 분명 영약 훔친 것을 후회하며
푸른 바다 푸른 하늘을 밤마다 서러워하리

雲母屏風燭影深
長河漸落曉星沈
嫦娥應悔偸靈藥
碧海青天夜夜心

소림사
少林寺

少林寺 5

금강金剛 新무협소설

초판 1쇄 찍은 날 § 2006년 10월 31일
초판 1쇄 펴낸 날 § 2006년 11월 10일

지은이 § 금강
펴낸이 § 서경석

편집장 § 문혜영
편집 § 서지현 · 심재영

펴낸곳 § 도서출판 청어람
등록번호 § 제1081-1-89호
등록일자 § 1999. 5. 31
어람번호 § 제2-1047호

주소 § 경기도 부천시 원미구 심곡1동 350-1 남성B/D 3F (우) 420-011
전화 § 032-656-4452 팩스 § 032-656-4453
http://www.chungeoram.com
E-mail § eoram99@chollian.net

ISBN 89-251-0380-X 04810
ISBN 89-5831-251-3 (SET)

※ 파본은 구입하신 서점에서 교환하여 드립니다.
※ 저자와 협의하여 인지를 붙이지 않습니다.

소림사

少林寺

5

Oriental Fantasy

금강金剛 新무협소설

도서출판 청어람

목차

작가의 말 / 6

소림사 줄거리 / 8

第一章 흔들리는 송왕부 / 13

第二章 때를 기다리는 어둠 / 35

第三章 다시 만난 친구들 / 43

第四章 삼룡방을 찾아가다 / 69

第五章 연적(戀敵)……. / 89

第六章 형의 그림자……. / 119

第七章 천금수왕 나타나다 / 137

第八章 청천벽력(青天霹靂)! / 165

第九章 폭주(暴走) / 195

第十章 공포(恐怖), 도래하다! / 225

第十一章 천살(天殺)의 저주……. / 251

第十二章 사랑은 저주를 넘고……. / 277

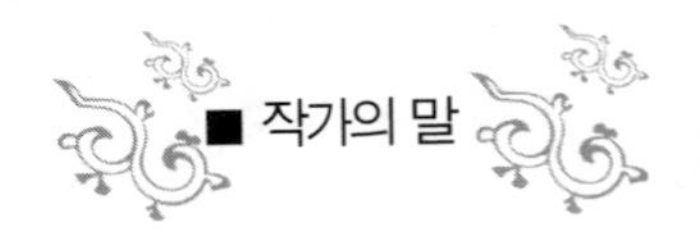

■ 작가의 말

참으로 오랜만에 5권을 내면서…….

뭐라고 하기 어려운 여러 가지 사정이 있었습니다.

운영하던 GO!武林이 장르문학 포탈 문피아(文pia)로 바뀌기도 했고, 장르문학 최초의 사단법인이 될 기념비적인 한국대중문학작가협회가 생기기도 했습니다. 그 외에 장르 전문 인터넷 뉴스매체인 CVzine이 곧 문을 열게 될 예정이기도 합니다.

그 외에도 또 여러 가지 많은 일들이 있습니다.

그러나 작가가 책을 내지 않은 이상, 누가 뭐래도 할 말은 없다. 면목이 없다. 라고 생각을 합니다.

그 오랜 기간 기다려 준 많은 분들께 진심으로 죄송함과 고마움을 함께 전합니다.

오래 기다리셨던 만큼, 가능한 최선을 다해 나머지 부분은 금년 내에 끝을 보고자 노력할 생각입니다.

한 번 지켜보아 주시면 합니다.

소림사는 처음부터 8권으로 기획, 예정되어 있었습니다.

하지만 예상외의 일로 인해 너무 오래 끌어버려서 가능하면 7권으로 마무

리를 지어볼 생각이지만, 무리가 간다면 원래 예정대로 8권 마무리가 될 것입니다.

현재 드릴 수 있는 말은 최대한 빨리 쓰겠다는 약속밖에, 더 이상 드릴 말씀이 없군요.

모든 분들에게 행운과 건강이 늘 같이하시기를…….

단기 4339년 10월 연화정사에서 금강

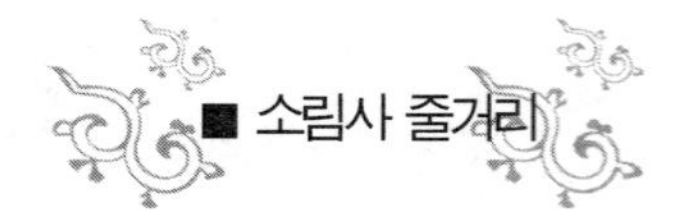

■ 소림사 줄거리

◎ 1권

황하가 범람하여 세상을 덮던 날, 죽음을 눈앞에 둔 노승은 천살지기를 가진 아이를 구하게 된다.

그의 이름은 소림의 혜인 성승.

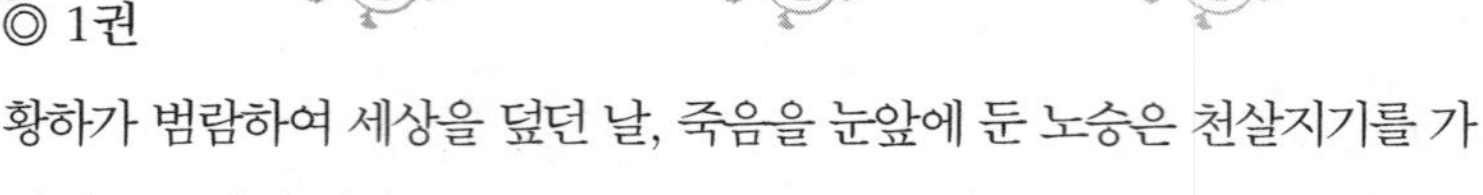

십이 년 후, 거리 구경을 나왔던 어린 운혜군주는 스스로를 운비룡이라 칭하는 맹랑한 소년을 만나게 되어 인연을 맺는다. 꼬마이면서 개봉 거리를 휘어잡고 있는 골목대장 운비룡. 그는 때마침 위기에 빠진 그녀를 구하면서 천살지기가 폭주하여 소림사의 심경 대사에게 제압된다.

혈루존을 찾기 위해 공포스러운 백존회의 사자패왕 등 마존들이 속속 나타나고, 소식없던 귀곡신유도 모습을 드러낸다.

그 와중에 아버지는 죽고, 운비룡은 소림사로 가게 된다.

◎ 2권

소림사로 운비룡이 떠나게 되자, 형 대호도 오 년을 기약하고 천화를 찾아 개봉을 떠난다.

운명적인 귀곡신유와 송왕의 만남.

군주를 향한 마음을 남겨두고 아쉽게 소림사로 향하는 운비룡.

소림사로 오게 된 운비룡은 사미계를 받고 툴툴거리며 머리를 깎고 마침내 사미가 되어 일명이란 계명을 받으며 소림사 생활을 시작한다.

무공을 배우며 비상한 능력을 발휘하여 일약 주목을 받기 시작하는 일명.

그러나 잠만 자고 나면 모든 걸 잊어버리는 신기한 현상에 소림사의 약왕전이 나서고, 은둔해 있던 장생전 혜약 상인까지 나선다.

그 모든 것이 혜인 성승의 안배임을 알게 되지만…….

소림의 미래라는 대지를 만나게 된 일명은 큰 충격을 받는다. 그러나 이미 무공을 익히기 어려워진 일명은 일반 사미가 되어 고단한 삶을 살아야 했다.

그러던 중, 일명은 소림사를 찾은 경운군주를 만나 악연을 맺는다.

여기저기에서 설움을 당하던 일명은 소림의 숨은 힘, 소림암종을 맞이하게 된다.

◎ 3권

소림의 호사무공을 배우게 된 일명은 마침내 금제가 깨어진다.

그리고는 신나게 자신을 괴롭히던 자들에게 복수를 하기 시작한다.

마침내 은연중 소림사를 휘어잡게 된 일명은 사질들을 괴롭히면서 고기를 구워먹다가 광승과 만나게 된다.

광승을 만난 일명은 그를 쫓다 절정옥소 누한천을 만나 다른 세상을 본다. 때마침 소림사를 습격한 귀곡신유의 백존회 마두들을 만난 일명은 광승과 함께 구르면서 겨우겨우 몸을 피하다 혜인 성승의 법체를 만나면서 인연을 맺

게 된다.

숨 가쁘게 이어진 격변의 소용돌이, 위기에 처한 대지를 만난 일명은 그와 함께 어려움을 넘기며 묘한 우정을 쌓는다.

그 와중에 귀곡신유는 천살이 소림에 있음을 알게 된다.

◎ 4권

오 년 후.

일명은 모든 걸 이루었다.

금제는 풀렸고, 무공은 일취월장. 그의 진실한 능력은 아무도 알지 못한다. 사질들을 휘어잡은 일명은 말 그대로 놀자판이다.

그러던 중, 길 잃은 사미니를 만나게 된다. 아미파 복호 신니의 제자, 정혜. 그녀는 사부를 따라 소림사에 왔다. 당금 무림에서 벌어진 괴변을 의논하기 위해 소림사에서는 구대문파의 회합이 열리고 있다.

그 와중에 다시 소림을 찾은 경운군주와 그녀의 어머니이자 황제의 여동생인 화경공주 일행.

일명은 죽음에 처해 자신을 찾아온 목노에게서 자신에게 소림의 호사신공을 전해준 사람이 목노임을 알게 된다. 더불어 그의 진실한 신분이 혜상 대사로 소림 최고 배분임도.

천존이 죽지 않았음을 알려준 목노는 일명에게 모든 걸 물려주고 해탈한다.

정혜는 소림 경내에서 경운군주와 시비가 붙어 곤욕을 치른다. 그녀를 구한 일명, 그 와중에 개봉에서부터 인연이 있는 변진우를 만나 복수한 일명. 뺨을 얻어맞고 정혜를 일명에게 빼앗긴 경운군주는 대노해 일명을 찾아 길길이 날뛴다.

하지만 그녀를 찾은 일명은 그녀를 제압하고…

마침내 소림사를 떠나는 일명.

소림 방장의 명으로 일명의 뒤를 따르게 되는 광승.

소림을 떠나 개봉으로 오게 된 일명은 옛사람을 만나게 되는 와중에 위험에 처한 송진도를 돕다가 뜻밖에도 운혜군주와 오 년 만에 만나게 된다.

第一章
흔들리는 송왕부

첫째 마당

"……."

일명을 보는 운혜군주 주지약의 눈은 놀람으로 가득했다.

맑고 큰 눈.

오뚝한 콧날.

도톰하고도 아름다운 입술.

절반은 찢어져 버린 면사를 벗어버리자 달빛 아래 드러난 그녀의 얼굴은 백의선녀가 하범(下凡)한 것만 같았다.

예상은 했지만 저렇게 예쁘게, 아름답게 변했단 말인가.

백의경장을 한 운혜군주 주지약의 모습은 가히 백의선녀와 같아 어둠 속에서 환하게 빛을 뿜는 것처럼 보였다.

어둠은 구름을 벗어난 달로 인해 힘을 잃었고, 그녀의 모습으로 인해 더욱 맥을 추지 못했다.

소리도 없이 바람이 불었다.

긴 머리카락이 그 바람에 깃발처럼 휘날렸다.

육 년의 세월도, 어린 소녀가 처녀로 바뀌는 그 세월에도 일명은 그녀를 알아볼 수 있었다.

그녀야말로 그가 꿈에서도 잊지 못하던, 바로 그 약지였으므로.

"정말 그…… 비룡이란 말인가요?"

한참을 바라보고 있던 운혜군주 주지약이 믿기지 않는 듯 물었다.

일명과는 달리, 그녀가 한눈에 알아보기에는 일명이 너무 달라졌던 것이다. 비리비리한 꼬마 녀석에서 헌칠한 장부가 되었는데, 머리를 깎아버렸으니 알던 사람이라도 금방 알아보기 어려운 것이 너무도 당연했다.

그래도 일명은 운혜군주 주지약이 자신을 단번에 알아보지 못함이 서운했다. 누구냐고 물어서 알려주었는데도 저런 표정이라니…….

"아미타불, 이젠 일명이라고 하지요."

공연히 뚱한 일명의 말에 그녀는 기묘한 표정이 되었다.

"얼핏 소림사로 갔다는 소리를 들었었는데 정말로……."

"사정이 생겨 말씀도 못 드리고 갔었습니다."

한 손을 가슴에 세운 일명의 말이다.

방금까지의 일명이 아니다.

지난날의 일명도 아니었다.

정중하고 의연하다.

무공을 깊게 닦은 사람은 기도(氣度)라고 하는 것을 가지게 된다.

일명이 정색을 하니, 그 기도가 살아나 운혜군주 주지약도 일명을 무겁게 볼 수밖에 없었다. 하긴 마존 암혼도를 일패도지, 쫓아낸 일명이니 이미 가볍게 볼 수야 없는 일이기도 했지만.

"아, 그랬군…… 요."

운혜군주 주지약이 고개를 끄덕였다.

부지간에 흘러나오는 어정쩡한 반 존대.

…….

갑자기 침묵이 찾아들었다.

가슴 가득 쌓였던 그 많은 말들.

그처럼 많았던 말들이 막상 그녀의 앞에 서자, 아무 말도 나오지를 않았다. 그 말들이 입 안에서만 뱅뱅 돌고 한마디도 할 수가 없는 것이다.

가슴이 답답했다.

세월의 벽.

이게 아니었다.

일명이 바라던 만남은 이런 것이 아니었다.

그때.

"마마!"

백의인들이 놀란 기러기 떼처럼 사방에서 날아들었다.

"괜찮으십니까?"

"그래. 주변은?"

운혜군주 주지약은 정색을 하고 그들을 보았다.

"변재경과 가솔들을 모두 체포했습니다. 반항하는 자들은 모두 주살했습니다. 그들 중 도주한 자들의 뒤를 쫓고 있는 중입니다."

"몇이나 도주했기에?"

"다섯쯤 되는 것 같……."

"그렇게나 많이 놓쳤단 말이냐?"

운혜군주 주지약의 얼굴이 싸늘히 굳어졌다.

"죄송합니다! 죽여주십시오!"

백의인들이 일제히 운혜군주 주지약의 앞에 무릎을 꿇었다.

"주변을 감시하고 변재경을 심문해. 일대를 샅샅이 수색하여 숨어 있는 자들이 있는지를 알아보고. 비상령을 발동하여 개봉성에서 수상한 자들의 움직임을 모두 차단해라."

"존명(尊命)!"

놀란 메뚜기 떼처럼 백의인들이 흩어졌다.

"정말 달라졌네. 어떻게 되었나 궁금했었는데 이렇게 다른 사람이 되어서 돌아오다니……."

백의인들이 자리를 떠나자 운혜군주 주지약이 일명을 보았다.

조금 전과는 달라진 말투였다.

"마마야말로 정말 달라지셨습니다. 개봉성을 구경 나온 철없는 아가씨에서 이런 여장부가 되시다니……."

"여장부라고?"

늠름해 보이는 일명의 말에 운혜군주 주지약은 활짝 웃었다.

붉은 입술 사이로 드러난 흰 이가 눈부시게 빛나 보인다.

눈앞에서 꽃이, 백화가 만발하는 것 같았다.

'아미타불! 아이고, 젠장…… 진짜 예쁘네!'

일명은 속으로 비명을 질렀다.

"그런데 여긴 어쩐 일이지? 소림사에서도 이번 일을 알고 있는 거야?"

"소림사와는 관계가 없습니다."

일명이 사건에 얽히게 된 것에 대한 간단한 설명에 운혜군주 주지약은 조금 굳은 얼굴로 말을 이었다.

"얼마 전부터 이상한 일이 여러 군데에서 일어났어. 누대에 걸친 상권이 원인 모르게 붕괴하고 새로운 상권이 들어선 거였지. 너무 조용히 처리가 되어 처음에는 몰랐는데, 호광에서의 상권에 문제가 생긴 걸 우연히 알게 되어 혹시나 하고 여기를 조사하다가 그들이 백존회와 관계가 있고 그 뒤에 있는 것이 변재경의 변성전장이라는 것을 알게 되어 그 배후를 캐고 있던 중이었어."

"상권이라……."

그 말을 받아 중얼거리던 일명이 그녀를 보았다.

"그런데 어떻게 이런 일에……."

일명은 말끝을 흐렸다.

그녀의 신분은 천금의 귀한 몸.

그런 그녀가 칼끝을 딛고 직접 움직이다니, 쉽게 생각하기 어려운 일이었다. 하지만 그렇다고 직접 대놓고 물어보기도 어려운 일이라 말끝을 흐리는 것이다.

"말을 하자면 길지. 어떻게 하다 보니까……."

그녀도 말끝을 흐렸다.

"도와드릴까요?"

일명이 문득 물었다.

"뭐라고?"

"필요하면 도와드리지요."

일명이 눈을 깜박이는 그녀를 보면서 웃었다.

"우린 친구였잖아요?"

"그건?!"
그녀의 눈에 놀람이 차 올랐다.
말과 함께 일명이 손가락으로 작은 옥(玉) 하나를 들어 보이고 있었기 때문이다.
"그때 우리가 친구라면서 주신 증표였죠."
일명의 손에 들린 것은 작고 정교한 옥가락지.
"그걸 아직도 가지고 있었네?"
"그럼요! 한시도 떼놓지 않았죠. 무료한 산속에서 군주님이야말로 제겐 구원의 여신이었거든요. 어린 꼬마에게 예쁜 여자 친구는 말 그대로 꿈과 희망이었으니까요."
운혜군주 주지약은 피식, 웃음을 터뜨렸다.
"넌 출가인이야. 출가인이 여자를 생각하다니!"
'출가인은 사람 아닌가? 아침마다 아랫도리가 꼬이는구만!'
속으로 투덜댄 일명이지만 겉으로야 전혀 내색할 리가 없다.
"아미타불, 출가인에게도 친구는 필요하죠! 게다가…… 군주님은 제겐 그냥 여자가 아니라 하나밖에 없는 친구였으니까요."
일명은 갑자기 말을 돌렸다.
"저자들이 상권을 어떻게 했든, 군주님께서 직접 나설 일은 아닐 것 같은데…… 무슨 다른 일이라도 있는 건가요?"
"……."
운혜군주 주지약은 일명은 바라보았다.
이윽고.
"전부터 넌 머리가 좋았었지……."
그녀는 정색을 하고 주위를 둘러보더니 낮은 음성으로 말을 시작했다.

"자세한 말은 하기 어렵다. 하지만 본 왕부에 심상치 않은 일이 있어서 나는 경사에서 얼마 전에 돌아와야 했어. 해서 거기에 대해서 조사를 하고 있는 중이야."

"어떤 일인지 알려주실 수 없어요?"

"……."

일명의 눈을 보던 그녀가 가벼운 한숨과 함께 고개를 끄덕였다.

"굳이 비밀로 둘 일도 아니지. 좋아, 말할게! 누군가가 본 왕부를 역모로 몰아가고 있는 징후가 있어. 만약 이대로 있다가는 자칫 역모로 몰려 버릴지도 몰라서 부왕께서도, 나도 나선 거야."

역모(逆謀)…….

가장 무서운 일이었다.

더구나 친왕이 역모에 가담했다면 말 그대로 몰살을 당할 일이었다.

일명의 안색도 조금 굳어졌다.

"그런 일이…… 으음, 그래도 군주께서 나서기에는 너무 험한 일인 것 같네요."

"내가 여자라서?"

"아무래도…… 그런 면이 쪼오~금은 있긴 하지만서두…… 하하……."

일명은 어색하게 웃음을 흘렸다.

운혜군주 주지약의 눈초리가 매서웠던 것이다.

*　　*　　*

하늘에는 달.

땅에는……

땅에는 일명이 있었다.

그 일명은 조금 전까지의 일명이 아니었다.

넋을 잃은 듯 하늘에 둥실 뜬 달을 바라보고 있는 일명.

그 눈에는 안타까운 빛이 역력했다.

얼마나 바라고 바랐던 날이었던가.

그녀를 만나면 이렇게 해야지, 아냐. 이런 말을 하는 게 더 좋겠지? 그렇게 생각하고 또 생각했었다.

그런데, 그녀를 만나는 순간에 모든 게 어긋나 버렸다.

의연하지도 대범하지도 멋있지도 않았다.

덤벙대다가 헤어지고 말았다.

"바보 같은 놈!"

일명은 스스로의 머리를 쥐어박았다.

순간.

"뭐 해?"

옆에서 들려온 소리.

송진도가 묘한 눈빛으로 일명을 바라보고 있었다.

"어, 언제 왔어?"

"좀 전에. 뭘 그리 깊이 생각하고 있는 거지? 나갔다가 무슨 일이라도 있었던 건가?"

송진도가 수상하다는 듯이 일명을 살폈다.

"일은 무슨……."

일명은 말끝을 흐렸다.

송진도의 할아버지라 할지라도 곁에 오기 전에 알 수 있는 일명이었다. 그런데 바로 뒤에 올 때까지 넋을 잃고 있었다니…… 이건 말도 되지 않았다.

"어떻게 된 거냐? 왜 들어오지도 않고 바깥에서?"

"들어가. 말하자면 기니까."

일명은 송진도의 등을 떠밀었다.

생각할 것이 많았다.

"아는 거 없어?"

"아니. 네가 떠날 때, 송왕부에 큰 사단이 한 번 있었고 그 뒤로는 조용했었다. 군주님은 그때 이후 다시 경사로 갔다고 했었는데 언제 돌아오셨던 거지? 정말 뜻밖이군! 강호의 여걸로 돌아오셨다니……."

송진도의 말은 하등 도움이 되지 않았다.

일명은 미간을 찡그렸다.

그는 상인이고 상인이 정보에 무능하다면 살아남기 어렵다.

게다가 송진도는 무능한 상인이 아니었다.

그렇다면 지금 일어나고 있는 이 일은 매우 극비리에, 다른 사람이 알지 못하도록 물밑에서 진행되고 있는 일일 가능성이 매우 높았다.

대체 무슨 일이…….

둘째 마당

흔들리는 불빛.

아침에 되려면 얼마나 남았는지 알지 못한다.

사방은 어둠에 잠겼고 닫힌 문을 제외하고는 어디에도 빛이 들어올 곳은 없었다.

변재경의 눈은 공포로 물들어 있었다.

양손을 결박한 쇠수갑은 양쪽으로 벌려져 머리 위 벽에 박혔다.

앉고자 해도 앉을 수 없고 그 자리에서 한 치도 벗어날 수 없었다.

"내가 누군지 알겠지?"

그의 앞에 놓여진 의자.

거기에 앉은 사람이 무거운 음성으로 물었다.

"예, 전하. 몇 번 뵌 적이……."

변재경이 갈라진 음성으로 입을 열었다.

입 안이 바짝 마르고 입술이 긴장으로 갈라졌다.

눈앞의 사람.

그야말로 은밀히 황제보다 더 뛰어난 그릇이라고 알려진 송왕, 그 사람이었기 때문이다.

"그렇다면 이야기하기 쉽겠군. 본왕이 적을 어떻게 다루는지 자알 알 테니 말이야. 본왕은 누구와도 잘 못 지내고 싶지는 않지만, 그렇다고 해서 본왕을 적으로 두려는 자와도 잘 지낼 생각 따위는 없다."

"저, 전하! 오해이십니다!!"

변재경은 좌우에 섰던 대한들이 다가서자 공포에 질려 부르짖었다.

이곳은 송왕부의 안에 있는 밀실이었다.

사방에 고문 기구가 널려 있는 걸로 보아 왕부 내에 있는 고문실일 것이고, 저들은 자신을 고문할 전문가들이 분명했다. 다가서는 그 무표정한 얼굴에는 내가 바로 그런 사람이다! 라고 써놓고 있었다.

"초민(草民)은 장사꾼입니다! 그저 이익을 남게 해주겠다고 하여 협조를 했을 뿐입니다. 선대에 이어 아무리 애를 써도 개봉성을 벗어나기 어려워 고민하던 차에 도와주겠다고 하여 협조를 했을 뿐이니, 부디 자비를 베풀어주십시오! 전하!!"

변재경이 다급히 부르짖었다.

"몰랐다?"

"그러하옵니다! 아무것도 알지 못하고 상권에 눈이 어두워 협조를 했을 뿐이니 제발……."

"그러니까, 아무것도 알지 못한단 말이지?"

"그, 그러하옵니다. 초민은……."

송왕은 자리에서 일어났다.

그 얼굴은 흔들리는 불빛 아래 차갑고도 냉정했다.

"아는 게 없다니 본왕이 여기 더 있을 이유는 없겠군. 이자가 생각나는 것이 있다고 하면 내게 이야기하도록."

말과 함께 그는 등을 돌렸다.

"저, 전하! 그, 그게 아니라……."

다급한 변재경의 외침을 뒤로하고 그는 문을 나섰고 닫히는 문틈 사이로 처절한 비명이 터져 나왔다.

"으아악! 저, 전하 제발! 크아아아— 악!"

"천천히 다루도록 하거라. 아는 게 없으니 생각나려면 시간이 걸리지 않겠나."

그의 말은 크지 않았다.

하지만 변재경에게는 지옥의 시작을 알리는 것에 다름이 아니었다.

송왕부의 후원은 조경(造景)의 걸작이다.

다섯 개의 정원이 잇대어 만들어진 그 후원을 둘러싼 거대한 연못, 아니, 호수라 불려야 할 그 연못 가운데 있는 청풍루.

언제나 생각을 정리하려면 이곳에 오는 송왕 주대진.

그는 그 자리에서 자신을 기다리는 여인을 만났다.

눈에 넣어도 아프지 않을 딸.

운혜군주 주지약이었다.

쏴쏴아아…….

청명하던 하늘에 구름이 나타나는가 싶더니, 한두 방울씩 뿌리기 시작한 빗방울은 이내 빗줄기가 되어 연못의 수면을 두드리고 있었다.

세찬 빗줄기는 수면에 가득한 연잎들을 뒤흔들고 부서지는 빗방울들은 사방으로 비명을 지르며 포말로 흩어졌다.

퐁!

잉어 한 마리가 연못을 차고 훌쩍 뛰어오름이 보였다.

어른 팔뚝 길이보다 더 큰 잉어였다.

"저 녀석은 비만 오면 혼자 좋아하는군요."

커다란 잉어가 첨벙거리면서 뛰어올랐다 떨어지기를 반복함을 보고 있던 운혜군주 주지약의 말에 송왕 주대진은 미소를 지었다.

"너만큼이나."

"예?"

"늘 그랬지 않으냐? 넌 비만 오면 여기로 쪼르르 달려와서는 연못에다 먹을 걸 뿌렸지. 그러니 그걸 먹고 자란 저놈이 비만 오면 저 난리를 치는 거고."

"그, 그랬었나요?"

"하하, 이 녀석! 모른 척하기는……."

송왕 주대진이 껄껄 웃음을 터뜨렸다.

자신의 품에 안겨 아양을 부리고 잠들던 그 꼬마는 이제 숙녀가 되었다.

곧 시집도 가리라.

하지만…….

"가셨던 일은 어떻게 되셨어요?"

"폐하를 뵙지 못했다."

"어떻게 그런?"

아연(啞然)한 빛이 주지약의 얼굴에 떠올랐다.

"따로 독대를 청했다만 주연(酒宴)에서 황상께서 건너주는 술 한 잔을 받을 수 있었을 뿐이다. 표정이 전 같지 않으셨다."

말을 하는 송왕 주대진의 얼굴도 굳어 있었다.

"역시 네 말대로 네가 갔었어야 할지도 몰랐다, 싶구나……."

"아바마마를 늘 믿던 황상이셨어요. 아바마마를 의심하고 경계했다면 소녀를 그렇게 가까이 두셨겠어요? 대체 무슨 일이길래……."

"나도 잘 모르겠다. 화경 누이 쪽의 움직임이 심상치 않은데, 부디 우리와 관련이 없으면 좋겠구나. 금의위까지 같이 움직이고 있어 자칫하면 크게 피바람이 불 것 같다."

"화경 고모는 생각이 많으신 분이죠. 차라리 고모부를 만나보시면 어떠세요?"

"그렇지 않아도 그럴려고 했는데 때마침 사냥을 나가 만나지를 못했다. 기별을 했으니 연락이 오겠지."

"참 좋으신 분인데, 고모 때문에……."

"부마도위는 사람이 좋지. 너무 좋아서 탈이지만 말이다. 그러다 보니 늘, 네 고모에게 휘둘려서 자신의 뜻을 펴지도 못하고 있어 안타깝다. 그러지만 않았던들 나라의 동량이 되었을 사람인데……."

"고모부가 좋은 분인 건 맞지만, 소심하셔서 큰일은 하지 못했을 거라고 하는 분들도 많아요."

"그러냐?"

송왕 주대진은 머리를 저었다.

"네 고모의 성정이 워낙 거세기 때문에 죽어지낼 뿐, 그가 소심하다는 건 납득하기 어렵구나. 내가 보기에는 죽어지낸다고 말하기도 어렵고 그냥 네 고모로 인해 다른 일들을 포기하고 수묵(水墨)을 치고 사냥을 다니면서 소일을 할 뿐인 것 같다."

"제가 몇 번 가서 뵈었는데…… 늘 모든 일을 할 때마다 고모님께 물어보고 하시던데요. 결정을 내리길 항상 주저하시고…… 정말 소심해 보이세요."

"세월이 사람을 변하게 할 수도 있겠지."

송왕 주대진은 가볍게 한숨을 쉬었다.

결혼하기 전의 부마도위 강대진(江大震)이 어떤 사람인지 잘 알고 있던 그였다.

천생의 유생이긴 했다.

하지만 그의 가슴에는 경륜이 있었고 포부가 있었다.

그런 사람이 결혼 이십 년이 되면서 완전히 폐인과 다름없다니 안타까운 일이 아닐 수 없었다. 그가 만약 평범한 결혼을 했더라면, 아니, 화경 누이의 성격이 평범하거나 별나지만 않았더라도 어쩌면 그의 인생은 완전히 달라졌을지도 모를 일일 터인데…….

"변재경은 어떻던가요?"

"예상했던 대로 아는 게 별로 없는 것 같구나."

"아무래도 이상해요."

주지약이 굳은 얼굴로 말했다.

"뭐가 말이냐?"

송왕 주대진이 그녀를 바라보았다.

"개봉이나 하남성의 상권을 노리고 변재경을 움직인 건 이해가 가지만, 만약 도주한 암혼도 염우전이 뒤에 있었고 그 뒤에 백존회가 있었다면 일을 이렇게 할 것 같지 않아서요."

"잘 보았다."

송왕 주대진은 고개를 끄덕였다.

"그렇게 생각하자면 너무 어설프다. 다른 사람이 아닌 백존회의 머리 귀곡신유가 뒤에 있다고 본다면……."

이미 한 번 본 적이 있는 자다.

한 번 본 것만으로도 그가 어떤 수준의 사람인지를 알고도 남았을 만큼 대단했던 자가 바로 경천일기 귀곡신유였다. 비록 나름대로 머리를 쓴 것이라고는 하나, 귀곡신유의 능력으로 일을 그렇게 할 것 같지는 않았다.

그라면 귀신도 모르게 일을 처리할 수 있을 것이기 때문이다.

쏴아아아—

빗줄기는 더 세차게 주위를 휘감았다.

희뿌연 물줄기가 어둠 속에서 창살처럼 시야를 가린다.

송왕 주대진은 세상이 알고 있는 바대로 뛰어난 사람이었다.

그에 반해 현 황제는 소심한 데다 의심이 많았다.

누구라도 그릇의 크기를 알 수 있으니 이런저런 소문이 나도는 것이 사실이었고, 현 황제의 사후에는 옛날 연왕 주체의 변(變)이 다시 재현(再現)되지 않을까 하는 추측까지 있던 참이었다. 그것을 누구보다 잘 아는 송왕 주대진은 알아서 스스로를 낮추어왔었다. 각 지역의 번왕은 나름대로 사병(私兵)을 가질 수 있었지만, 송왕 주대진은 최소한의 경비 외에는 병력을 키우지 않았다. 그런 송왕 주대진임을 알기에 황제 또한 그를 믿었다.

지금까지 그렇게 지내올 수 있었던 것은, 황제와 송왕 주대진의 우애(友愛)가 있었기에 가능했다.

둘은 친형제였고 사이좋은 형과 아우이기도 했던 것이다.

그러나 근래에 들어서 심상치 않은 기운이 감지되었다.

송왕 주대진에 대해 확인되지 않은 소문들이 이리저리 돌고 감시의 눈길이 송왕부 주위에 출몰하기 시작했던 것이다.

그것은 이번 경사로 가서 더욱 명백히 느낄 수가 있었다.

송왕 주대진은 명민한 사람이었다.

—누군가가 송왕부를 지워 버리려고 하고 있다!

그는 그렇게 판단하고 조사를 시작했다.

그리고 그것이 사실임을 확인하였다.

다만, 누가 그런 일을 획책하는지를 알 수 없을 뿐이었다.

당금의 조정은 몇 개 파로 나뉘어 있지만, 송왕부를 적으로 돌려서 좋을 곳은 없었다.

송왕부가 비록 군사력을 포기하고 사병조차 제대로 키우지 않고 있다지만 머리 좋은 송왕 주대진이 병력 대신 장사에 나서 막대한 부를 축적해 가고 있기 때문이다.

실제로 하남의 상권은 송왕이 틀어쥐고 있다고 해도 과언이 아니었다.

그것이 이번 일에 송왕부가 나선 까닭이다.

결국 이번 일은 송왕부를 겨냥하고 있는 것에 다름이 아니다.

하남의 상권을 노리는 자가 있다면…….

"염우전을 잡았어야 했는데……."
주지약이 중얼거렸다.
"쉽게 잡힐 자가 아니지. 그 개인으로도 만만한 자가 아니다. 설마 하니 그런 자가 변재경의 집사로 숨어 있을 줄이야 누가 생각했겠느냐? 자칫했더라면 네가 큰 낭패를 보았을 뻔했다. 그러기에 네가 직접 나서지는 말라고 하지 않았더냐?"
주지약이 이를 드러내고 웃어 보였다.
"자식 키워서 어디다 쓰게요?"
"이런 말괄량이 같은 놈! 넌 여자란 말이다. 곱게 커서……."
"규중의 규수가 할 건 다하죠. 하지만 황가의 피를 이은 이상 곱게 커서 곱게 시집을 가기가 그리 쉬울까요? 더구나 이번 일이 잘못되면 아빠의 딸은 시집도 못 가게 될지도 모르죠. 그런데 어떻게 그냥 있겠어요?"
"말하고는……."
주대진은 피식, 웃어넘겼다.
그러나 실제로는 웃어넘길 일이 아니었다.
정말 잘못되면 닥쳐올 일은 하나밖에 없었다.
폐서인이 되고 자칫 더 누명을 쓴다면 역모로 몰려서 몰살을 하거나 노비가 될 수도 있었던 것이다. 그것은 어쩌면 죽음보다 더 참혹한 일이었다.
'결코…… 그런 일은 일어나지 않을 것이다. 내가 그렇게 되도록 그냥 두고 보지는 않을 테니까!'
주대진은 자신의 앞에 있는, 언제 저렇게 자란 것인지 알 수 없도록 아름다운 여인으로 변한 운혜군주 주지약을 물끄러미 바라보면서 속으로 다짐했다.

아직은 그의 진면목을 세상은 알지 못한다.

알았다면 이렇게 함부로 그를 건드리지는 않았을 터였다.

第二章

때를 기다리는 어둠

청강여협(淸江女俠) 주진진(周珍珍)은 부러울 것 없는 여인이었다. 이제 나이 스물, 앳된 나이지만 동배들은 이미 시집가서 아이가 있기도 했다. 무공일도에 매진하여 협행을 한 그녀는 이미 내가고수로 세상에 알려져 있고 또 호북 주씨세가의 장녀로서 배경 또한 어디에 내놓아도 빠지지 않았다.

그러나.

지금 그녀는 눈을 부릅뜨고 있었다.

자신이 처한 현실을 믿을 수 없었기 때문이다.

부릅뜬 눈은 경악으로 충혈되었고 앙다문 입술은 고통으로, 당혹으로 벌벌 떨리고 있지만 신음 소리조차 내지 못했다. 아니, 낼 수가 없었다. 손가락 하나 까딱할 수가 없는 것이 그녀의 상태였다.

누구 하나 손댄 적이 없는 그녀의 몸은 실오라기 하나 걸치지 않은 상태.

백옥을 깎은 듯 맑고 투명한 그녀의 나신은 어둠 속에서 빛을 뿜는 듯 보였지만 봉긋이 솟은 가슴이 가늘게 떨리는 것은 떨림이 아니라 고통 때문이었다.

격하게 곤두선 유실은 그 고통으로 몸서리를 친다.

머리에서 발끝까지를 관통하는 것은 전율과도 같은 떨림. 아마도 번개에 맞으면 이런 느낌이 들까?

활개를 치듯 내뻗은 다리는 강한 경직으로 발끝까지 떨리는 가운데 벌려져 있고 아지랑이와 같은 기운이 스멀스멀 그녀의 몸 깊은 곳에서 희미한 어둠 속으로 흘러나오고 있었다. 그것이 짙어질수록, 시간이 갈수록 그녀의 온몸은 점점 더 격하게 떨리고 고통에 겨워 전신을 뒤틀어야만 했다.

하나 그것은 그녀의 생각일 뿐.

그녀의 전신은 그저 가늘게 떨리고 있을 뿐이었다.

어둠.

그렇게 누운 여인의 나신.

이제 보니 그 나신은 하나가 아니었다.

반쯤 허공에 떠오른 것 같은 기괴한 형상.

하나, 둘……

모두 다섯의 여인이 그렇게 나신을 아낌없이 드러내고서 허공에 뜬 채로 전신을 가늘게 떨고 있었다. 차라리 정신을 잃고 있다면 나았으련만 또렷한 정신은 참혹하리만큼 선명하게 공포를 느끼게 했다.

그 몸에서 흐르는 희뿌연 아지랑이와 같은 음기(陰氣)는 그렇게 아래로 흘러내리고, 그 아래에는 어둠보다 더 짙은 검은빛으로 잠긴 거대한 석관(石棺) 하나가 자리하고 있었다.

"훅, 후우욱……."

소름 끼치는 기이한 음향.

석관에서는 무슨 소린지 알 수 없는 기괴한 음향이 어둠을 타고 솟구치고 그때마다 허공에 뜬 여인들의 나신은 고통으로 흔들린다.

그럴 때마다 벌려진 여인들의 치부에서는 희미한 기운이 더욱 거세게 그녀들의 아래의 석관으로 빨려 들어갔다. 백옥과 같은 그녀들의 나신은 천천히 그렇게 윤기를 잃어가는 중이었다.

그 석관의 바닥에는 나신의 여인들이 어둠 속에 사방으로 널브러져 있음이 보인다.

이제 보니 여인만이 아니었다.

…….

한 사람.

차고 맑은 눈을 가진 그는 어둠 속에서 눈길을 돌렸다.

가슴을 긁어내는 듯한 기괴한 신음이 그를 붙들었으나 그는 그 소리를 듣지 못하는 듯 무표정하기만 했다.

'회혼음양전도대법(廻魂陰陽顚倒大法)…… 무림고수 백 명이 필요한 역천의 대법. 오직 이 길만이 모든 것을 제자리로 돌려놓을 수 있으리라.'

…….

그의 뒤로 소리도 없이 천 근의 무게를 가진 석문이 내려와 어둠을 막아버렸다.

언제 나타난 것일까?

그곳을 벗어난 그의 앞에는 검은 옷을 걸친 한 사람이 어느새 나타나 부복하고 있었다.

"그가 소림사를 떠났습니다."

"언제?"

"사흘째입니다."

"어디 있지?"

"개봉에 가 있습니다."

"원래 있던 곳을 찾아갔단 말이지?"

"……."

옥청빛 유삼을 즐겨 입어 지난 십여 년이래 한 번도 그 옷을 바꾸지 않은 그는 손에 들린 공작선을 천천히 흔들었다. 생각에 잠기면 하는 버릇.

"그래, 생각보다 일찍 나왔구나. 무슨 다른 일이 있었던가?"

"그게……."

그의 앞에 부복한 자는 여전히 고개를 떨군 채로 답을 했다.

이윽고.

"뭐라? 군주를 말이냐? 하하핫!"

좀체로 웃지 않는 그도 어이가 없는 듯 웃음을 터뜨렸다.

절의 중.

그것도 소림사의 사미가 황가의 여식, 군주를 건드리고는 소림사에서 도망쳤다니…… 과연 그놈다웠다.

그의 발길은 어느새 밖으로 향했다.

머리 위에서는 어둠에 잠긴 하늘이 온통 별빛으로 가득하다.

그의 눈은 그 별을 향하고 있었다.

그가 바라보는 별 하나가 빛을 뿌리고 있음이 보인다. 어제보다 더

밝아진 듯했다.

"그래, 드디어 천살성(天殺星)이 깨어날 때인가? 그렇다면 환영을 해 줘야겠지…… 그 힘을 제대로 쓸 수 있도록."

중얼거리는 그의 얼굴에 희미한 선이 웃음이라는 이름으로 그어졌다.

경천일기 귀곡신유.

세상이 그렇게 부르는 그는 뒷짐을 진 채로 하늘을 바라보고 있었다.

아직까지 그가 생각한 범위를 벗어난 것은 존재하지 않았다.

천기(天機) 또한 마찬가지.

그는 지난 몇 년을 기다려 왔다.

천살성이 다시 빛을 발하기를.

소림사를 벗어나 제자리로 돌아오기를.

그리고, 이제 때가 온 것이다.

第三章
다시 만난 친구들

첫째 마당

"똑바로 해! 그것밖에는 못하냐?"

눈을 부릅뜨고 소리를 지르는 거한(巨漢).

팔뚝 하나가 집동만 한 거구. 눈을 부릅뜨니 뇌전이 번쩍이는 것 같아 보기만 해도 오금이 저릴 정도였다.

얼굴이 온통 털북숭이지만 실제의 나이는 얼마 되지 않은 듯 보였다.

그의 앞, 너른 연무장에는 아직도 조금씩 흩날리는 빗줄기에 온몸을 적시면서 삼십여 명의 소년과 청년들이 마보(馬步)의 자세로 버티고 있었다.

툭.

지나가던 그가 잔뜩 긴장한 소년의 오금을 발로 건드렸다.

"억!"

놀란 외침과 함께 소년이 풀썩, 앞으로 쓰러졌다.

"겨우 그거밖에 못해? 마보란 균형을 잡아주는 자세다. 그런데 건드린다고 쓰러져?"

덥석, 소년의 멱살을 끌어 올려 눈을 부릅뜨는 거한.

그 눈빛에 질린 소년은 하얗게 되어 입맛 벙긋거릴 뿐 제대로 말도 하지 못했다.

"이래 가지고서야 우리 천왕관(天王館)이 어찌 개봉에서 힘을 쓰겠냐? 안 그래? 너 어디 오늘 한번 죽어봐라……."

채 말이 끝나지 않았을 때였다.

"금동나한이라도 네놈이 발로 차면 쓰러지지. 그런데 꼬마의 오금을 질러놓고는 그게 무슨 트집이냐?"

난데없이 그의 뒤에서 들려온 소리.

"뭐야?"

노기탱천한 거한이 홱, 뒤를 돌아보았다.

이곳은 연무장이었다.

오십여 명이 한꺼번에 연무를 할 수 있는 넓이.

천왕관의 열린 대문을 통해 들어오면 바로 이 연무장을 보게 된다. 그리고 거기에서 수련하는 관원들의 모습을 보고는 새로운 관원들이 계속 늘어나게 된다. 관주인 천성권(天星拳) 도권사는 거의 모습을 드러내지 않았지만 그의 제자라는 이 거한은 이미 그의 경지를 뛰어넘었다는 소문까지 있어 인기가 좋은 편이었다.

그런데 감히 네놈이라니?

시선을 돌리자 연무장 병가(兵架) 옆에 놓아둔 의자에 새파랗게 젊은 중 하나가 앉아서 빙글빙글 웃고 있었다.

저 의자는 거한도 잘 앉지 않았다.

평소 천성권 도권사가 앉는 자리였기 때문이다.

"스님이면 스님답게 말을 함부로 하지 마쇼. 스님만 아니었으면……."

집안이 독실한 불교인지라 거한은 머리끝까지 곤두선 화를 참으면서 억지로 좋은 말을 꺼냈다.

그러나.

"스님 아님 어쩔 건데?"

저 건방진 중놈이 피식, 웃는 것이 아닌가?

"너 일루 나와."

거한이 손가락질을 했다.

"싫다."

"뭐?"

"거기 나가면 비 맞잖아. 내가 왜 나가냐? 필요하면 네가 와."

크아악—!

거한의 머리 위로 보이지 않는 뿔이 돋았다.

여기서 참으면 누가 그를 일러 철룡이라 하겠는가.

쿵쾅거리며 빗물을 튀기면서 선불 맞은 멧돼지처럼 달려간 철룡은 단숨에 중놈의 멱살을 낚아챘다.

"어?"

뭔가 이상했다.

분명히 낚아챘는데, 놈은 그대로 있었는데 자신은 놈을 스쳐 병가에다 머리를 처박고 있었다.

달려가던 기세가 살아 있어 어떻게 하기도 어려웠다.

순간, 철룡은 한 손을 휘둘러 병가를 슬쩍 짚으면서 몸을 세웠다.
그리고는 다른 손을 뻗어 중을 잡으려 했다.
거구를 생각한다면 믿기 힘든 몸놀림이었다.
"제법이네."
중은 다시 웃으며 그 손을 슬쩍 쳤다.
그냥 손가락을 모은 손바닥 끝으로 슬쩍 친 것뿐이었다.
그런데 시큰하면서 전신의 힘이 쑥 빠져 버리지 않는가.
휘청하는 철룡의 눈에 경악이 드러났다.
중이 그런 그를 슬쩍 건드려 자세를 잡아주어 쓰러지지 않게 해주었던 것이다. 그의 몸무게나 움직임에 실린 역도(力度)를 생각한다면 이것은 상상하기 어려운 일이었다.
정말 압도적인 차이가 난다면 몰라도…….
설마 이 중놈이 절세의 고수라도 된단 말인가?
그때였다.
부릅뜬 눈에 들어온 중이 웃으며 입을 열었다.
"바보 녀석, 나도 몰라 보냐?"
"……?"
의아한 눈빛이었던 철룡 동구는 점점 눈이 커졌다.
머리를 파르라니 깎아서 잘 알아보지 못했었다.
그러나 그렇게 말을 한 뒤에 잘 보니, 눈에 익은 얼굴이 아닌가.
"서, 설마…… 너 비룡이?"
"지금은 일명이라고 하지."
씨익, 웃으며 중놈, 일명이 말했다.
"잘 있었냐?"

일명은 그를 보면서 환하게 웃었다.

"이, 이…… 이런 놈 같으니! 정말 네놈이란 말이냐?"

철룡 동구.

옛날 개봉 천왕파의 사대천왕 중 하나였던 철룡 동구가 크게 부르짖으며 일명을 덥석 껴안았다.

운비룡이 돌아왔다!

둘째 마당

"와하하하! 맨들맨들한 게 정말 중이네!!"

철룡 동구가 가가대소를 하며 일명의 머리를 만져 보려고 했다.

"이놈이 감히 엇다가 손을?"

일명이 눈을 부릅떴다.

"으흐흐…… 다 같이 늙어가는 처지에 무슨……."

철룡 동구가 느물거리면서 일명의 어깨를 쳤다.

이미 육 년 전에 어른과 같았던 체구의 동구인지라 지금은 말 그대로 거한이라 손도 가히 솥뚜껑과 같았다. 그 손으로 치니 날아가지 않는 것만도 용하다.

그런데 실제로는 전혀 달랐다.

일명은 끄떡도 하지 않았고 일명의 어깨를 툭, 친 그 손이 튕겨져 올라가는 것이 아닌가.

'반탄지력!'

천왕관의 무술조교로 있는 철룡 동구는 그게 어떻게 된 일인지 대충 짐작하고는 놀라 입이 벌어졌다.

일명이 철룡 동구를 노려보았다.

"너…… 간만에 비 오는 날 먼지 나는 거 경험해 볼래?"

그 말에 철룡 동구는 머쓱해졌다.

일명의 눈빛이 심상치 않아 보여서였다.

예전부터 철룡 동구는 일명의 앞에서는 고양이 앞의 쥐와 같았다. 세월이 흘러서 좀 달라졌으리라 생각했었는데 만나보니 전혀 달라진 게 없었다.

"왜, 왜 그래? 간만에 만나서…… 난 반가워서……."

"반가운 건 좋다. 하지만 기어오르는 건 안 돼!"

일명의 말에 철룡 동구의 얼굴이 떨떠름해졌다.

"누가 대장 아니라냐? 난 그저……."

"알면 되었다. 관조를 불러."

"애들을 다 불러올게."

"관조만 불러. 나중에 다시 이야기하자."

일명이 말을 잘랐다.

"그, 그러지 뭐……."

철룡 동구가 눈을 끔벅거렸다.

덩치가 큰 사람은 대체로 몸이 둔하다. 그리고 머리의 회전도 늦다. 하지만 동구는 그렇지 않았다. 몸도 날렵한 편이고 머리도 그다지 나쁘지는 않은 편이었다.

그런 동구니 일명이 어딘지 모르게 전과 다른 것을 느낄 수 있었다.

다른 사람들은 모르지만 이 천왕관은 이름 그대로 옛 천왕파의 본거지였다. 송진도의 뒷배를 받은 천왕의 사대천왕 중 머리라고 할 수 있는 관조가 몰락한 무관을 인수했고, 그것이 바로 이 천왕관이었다. 이 무관을 인수한 다음, 철룡 동구는 대외적으로 관주라고 되어 있는 천성권 도권사를 사부로 모셨다. 그는 작년부터 병석에 누워 있어 실질적인 주인은 철룡 동구인 셈인데, 그 운영을 맡은 관조는 여기에 있지 않았다.

"일명이라 합니다."

일명은 병석에 누운 천성권 도권사를 찾았다.

권사(拳師)라는 말대로 그는 권을 씀에 있어 하남에서 유수한 권법가 중 한 사람이었다. 말년에 병이 들어 남에게 알리기 어려운 형편이 되어 어렵사리 천왕관에 몸을 의탁하고 있지만 쉽게 볼 사람은 아니었다.

내실 침상에 누운 채로 일명을 맞은 천성권 도정은 등을 벽에 기댄 채였지만 얼굴이 거무죽죽하게 죽어 있었다.

"말은 많이 들었다. 철룡이가 입만 열면 침이 마르게 칭찬을 하더니, 과연이구나. 소림사에서 왔다고?"

"과찬이십니다."

일명답지 않게 의연하다.

'별꼴이군.'

철룡 동구가 속으로 투덜거릴 만큼.

어쨌든 천왕파가 존재할 수 있는 얼굴로 있는 데다가 철룡 동구의 사부이니만큼, 인사를 해야겠다고 해서 찾아온 일명이었다.

듣던 바대로 병색이 완연했다.

그런데……

"제가 잠시 진맥을 해봐도 되겠습니까?"

일명이 엉뚱한 말을 하는 것이 아닌가.

"너, 진맥도 할 줄 아냐?"

철룡 동구가 눈을 끔벅거렸다.

"소림사에 있을 때 약왕당에 잠시 출입을 했었습니다."

일명의 말에 천성권 도정은 고개를 끄덕였다.

"소림의 약왕당은 천하에 이름 높은 의도(醫道) 명문(名門)이지. 그럼 소림에서 무공을 수련한 것이 아니라 약승(藥僧)이었단 말이냐?"

"그냥 잠시 출입을 했었지요."

"그냥 건너본 걸로 사부님을 진맥하겠다고 한단 말이냐? 한다하는 의원들도 기력이 쇠했다고만 하고 손을 든 판에……."

"내상이 심하셨던 것 같지만, 그보다는 체내의 정혈(精血)이 심하게 손상이 되어 지금에 이른 것처럼 보입니다. 그대로 두면……."

일명의 말에 천성권 도정의 안색이 달라졌다.

"그걸…… 보는 것만으로 알아볼 수 있단 말인가?"

말투도 달라졌다.

"망진(望診)이란 의도의 최고봉이지만 제가 그런 정도는 아니죠. 그저 보니까 그래 보여서……."

말끝을 흐리지만 어느새 일명은 천성권 도정의 침상 앞에 철퍼덕하니 앉아서 손을 내밀고 있었다.

'이 녀석 정말 소림사에서 대단한 걸 배워온 걸까?'

철룡 동구는 눈알을 굴리며 일명을 바라보았다.

그도 그럴 것이 나름대로 지난 세월을 철룡 동구도 그냥 보내지 않았던 것이다. 정말 입에서 단내가 나도록 애써서 수련을 했었다. 일명이 돌아오면 그 앞에서 뻐겨보고 싶어서다.

그런데 아무리 봐도 평범해 보이지를 않았다.

차라리 아까 죽어라 한 번 붙어볼 걸 그랬나?

나름대로 죽어라 머리를 굴리는 참이다.

평소의 일명답지 않게 진지한 표정으로 진맥을 하던 일명은 그런 철룡 동구를 바라보았다.

"잠시 나가 있어."

"왜? 난 사부님의 제자야. 내가 들어……."

"나가 있어."

일명이 말을 잘랐다.

'헉?'

철룡 동구는 입이 얼어붙었다.

말을 잘라서가 아니라 순간적으로 일명의 눈에서 무서운 빛이 쏟아져 나와 그의 눈을 찔렀기 때문이다.

무서운 기세(氣勢)!

겁 모르던 철룡 동구는 그 눈빛만으로 주눅이 들었다.

산 아래에서 무너지는 산더미를 보는 것만 같은 기분이었다. 말 그대로 일명의 눈을 보는 순간에 감히 입을 열 수가 없었다. 공포가 전신을 짓눌렀던 것이다. 까마득했다.

"관조가 오면 불러라."

어딘지 맥이 빠진 철룡 동구에게 일명이 일렀다.

"알았어."

"소림사의 일자배라면 그 나이로는 조금 드물군."
"그렇게 되었습니다."
"심안겁백(心眼劫魄)이라면 수십 년의 내가수련을 정심(精深)하게 해야만 가능한 공부인데 과연 소림사의 고제(高弟)답네."
천성권 도정의 말투가 조금 달라져 있었다.
철룡 동구가 열심히라 뛰어나긴 하지만 일명 또한 그 또래.
소림사에서 육 년을 배운다고 해서 얼마나 배울 수 있었을까?
속으로 무시하는 마음이 없었다면 거짓말이다.
그런데……
기세로 상대를 압도할 수 있을 정도라면 이미 평범한 고수가 아니라, 내가의 상승공부를 연수했다고 봐야 했다. 그러니 어찌 가볍게 볼 수가 있을 것인가.
내가 정상이었다면 과연?
이라는 생각까지 드는 천성권 도정이었다.
그러나 이어지는 일명의 질문에 그는 다른 생각을 할 수가 없었다.
"누구에게 당하신 건지 제게 말씀해 주실 수 있습니까?"
그가 답하기 전에 일명이 다시 말을 이었다.
"지금 입으신 상처는…… 길어야 일 년 정도로 보입니다만, 아미타불! 이건 단순히 비무나 타격이 아니라 기력을 빨린 것 같군요. 악독한 마공이나 어떤 사악한 것이…… 그런데 이런 정도라면 살아 계시기 어려울 텐데……."
일명은 말끝을 흐렸다.

타격을 받은 것이 아니라, 이렇게 기력을 빨렸다면 정혈이 고갈되어 살아남기 어렵다. 그리고 천성권 도정은 그런 것을 극복할 정도로 놀라운 절세의 고수는 아니었다.

일명의 그 질문은 그를 놀라게 하기에 족했다.

"그것까지 알아볼 수가 있는가?"

"기혈에 대해서는 조금 공부가 있었으니까요. 그리고…… 근래에 이런 일이 적지 않게 있어 심각한 문제가 있는 걸로 압니다."

"적지 않게 있다니?"

놀람이 천성권 도정의 눈에 드러났다.

"뭐라고 말씀을 드리긴 어렵네요. 다만 각지에서 정혈을 빨리고 죽은 고수들이 있어 각파에서 탐문(探問)을 하고 있는 걸로 압니다. 해서 권사께서 어떻게 이런 일을 당하신 것인지를 여쭙는 겁니다."

"으음…… 설마 그들이 밖으로까지 나서서……."

천성권 도정이 신음을 흘렸다.

"그들이라니? 그들이 누굽니까?"

"……."

천성권 도정은 미간을 찌푸렸다.

양미간에 깊은 주름이 내천자를 그리고도 모자라 고랑을 팠다.

"나도 명백히 말하긴 어렵다네. 그들이 누군지는 잘 알지 못하니……."

"아시는 대로 말씀해 주십시오. 명예에 관련된 것이라면 제가 누구에게도 말하지 않겠습니다."

"……."

물끄러미 일명을 바라보던 천성권 도정은 문득 피식 웃었다.

뼈만 앙상한 얼굴에 난 수염은 이미 탐스러운 윤기를 잃어버렸다.

"좋아. 내 이 마당에 뭘 더 부끄러워하겠나? 있는 대로 말하지. 어쩌면 이건 세상에 알려져야 할 일인지도 모르니까 말이야."

이어진 그의 말은 놀라웠다.

그는 자수성가한 사람이었다.

제대로 된 사부를 모시지 못했지만, 청성파의 속가제자에게 무공을 전수받은 후 그것만으로 노력하여 하남 땅에서 손꼽히는 권사가 되었다.

그렇게 자수성가한 그였기에 홀로 떠돌기를 좋아함은 당연.

그런데 그런 그가 호북(湖北) 융중산에 이르렀을 때였다.

밤이 되어 길을 잃고 헤매던 그는 산중에서 미모의 여인을 만났다.

여인은 곱고 예뻐 홀로 지내던 그는 대번에 그녀에게 넘어가고 말았다.

그런데 그게 함정이었을 줄이야.

하루를 지나지 않아 그녀와 관계하던 그는 괴이한 기운이 자신의 정혈을 빨아내고 있음을 느끼게 되었다.

자신과 관계한 그 여인이 무서운 사법(邪法)으로 자신의 정혈을 가로채고 있음을 알게 된 그는 단매에 그녀를 쳐죽이고 그 자리를 탈출하려고 했다.

하나 그녀의 무공은 이미 그가 넘보기 어려울 만큼 높고 높았다.

널브러진 그를 내려다보며 알몸의 그녀는 처연한 표정으로 말했었다.

"순양지기를 지녔으니, 아직 죽지 않는군요. 어차피 당신의 모든 것은 내게 이어질 터이니 당신이 죽는다 하더라도 슬퍼할 것은 없을 거예요. 나 또한……."

그녀는 그를 버려두고 그 자리를 떠났다.
손가락 하나 까딱할 힘이 없었던 그는 여인이 한눈을 파는 틈을 타서 그 자리를 벗어날 수 있었다.

"뭔가 좀 이상하군요. 그 여자가 거길 떠났다면서 어떻게 한눈을 팔았다고……."
"그 여자는 혼자가 아니었네. 따르는 시녀가 있었지. 그녀가 그 자리를 떠나면 시녀가 날 감시했는데 그녀가 없는 사이에는 그녀가 날 돌봐주었네."
"돌봐주었다면?"
"목욕을 시키고 양기를 돋우게 하고…… 그렇게 만들면 저녁에 그녀가 다시 나타나는 거였지."
그때의 일을 생각하는지 그의 얼굴이 조금 붉어지는 것 같았다.
흥분이라기보다는 분노였다.
'키워 잡아먹는 거였군.'
일명은 암중에 고개를 끄덕였다.
"내가 꼼짝도 못하리라고 생각하고 한눈을 팔도록 한 다음, 나는 온 힘을 다해 그 자리를 도망쳤네. 보통이라면 어림도 없었겠지만 죽기 아니면 살기로 나는 절벽에서 강물로 몸을 날렸고 사흘 만에 구조가 되었네. 그 뒤로 나는 두문불출, 여기에서 나가질 않았네. 창피스럽기도 하고 그들이 날 찾아올는지도 몰라서."
"그렇군요……."
일명은 고개를 끄덕였다.
"어딘지 아십니까? 혹시 거기가?"
"어찌 잊겠나? 거기는 융중산 중턱의……."
그때.
"관조가 왔다."
밖에서 철룡 동구의 음성이 들려왔다.
"알았다. 지금 나갈 테니 기다리도록 해."
일명이 답했다.
관조에게 시킬 일이 있었다.
관조는 개봉제일의 주루 회계방장으로 있어 개봉성의 흐름을 누구보다 잘 알고 있었기 때문이다.

셋째 마당

관조는 대전에서 일명을 기다리고 있었다.

천왕관의 대전은 천성전(天星殿)이라 했는데, 대외적으로 관주인 천성권 도정의 외호를 따서였다. 천성권 도정의 수제자 격인 철룡 동구가 조교로서 사범의 역할을 했고, 그 대소사는 모두 관조가 관리하고 있는 중이었다.

말하자면 이곳은 천왕파의 근거지인 셈이다.

"정말 중이 되었네……."

기다리고 있던 관조가 일어났다.

관조는 일명보다 나이가 많았다. 그래 봐야 스물하나. 하지만 그 나이에 천왕관의 회계를 맡고 있고 개봉에서 유명한 천미반점(天味飯店)의 회계방장 보조까지 맡아보고 있으니 이미 능력을 인정받았다 할 수 있을 터였다.

"장사꾼이 되기로 작정한 거야?"

일명의 물음에 관조는 씨익, 웃어 보였다.

아직 어린 탓인지 장사꾼이라기보다 책방서생 같은 모습이었다. 조금쯤 가냘퍼 보이는 체구. 하지만 천왕파의 누구보다 깡이 있어 잘못 건드리면 골치 아픈 존재가 관조이기도 했다.

"끈이 없으면 출세하기 어려우니 이 길이 낫겠다 싶어서. 정말 밖에서 봤으면 못 알아볼 뻔했네. 이렇게나 변하다니……."

"머리를 깎아서 그런 거야. 머리만 기르면 그 잘생긴 얼굴이 어디 가겠어?"

일명의 말에 관조는 하하 크게 웃었다.

"그 말을 들으니 이제야 정말 운비룡 같으네."

웃던 관조는 묘한 분위기를 느끼고 웃음을 흐렸다.

일명이 그를 못마땅한 듯 노려보고 있었던 것이다.

그러고 보니 철룡 동구도 암중에 고개를 젓고 있지 않은가?

'왜?'

눈치 빠른 관조가 눈짓으로 동구에게 물었다.

동구가 일명의 뒤에서 고개를 흔들어 보였다. 인상을 쓰면서 손바닥으로 날을 만들어 목을 긋는 시늉을 해 보이고 있었다.

대체 뭔 소린지 알 수가 있나?

관조가 눈을 끔벅거리는데 일명이 고개를 디밀었다.

"부처님께서 말씀하시기를 말이야. 내가 네 친구냐? 라고 하시면서 위아래를 모르는 놈은 교훈을 줘야 한다고 하시더군. 간만에 맞을래? 아니면 알아서 제대로 할래?"

"무, 무슨……."

"전에도 그렇고 지금도 난 니들 대장이야. 그걸 잊으면……."

일명은 말끝을 흐렸다.

그랬다.

저 더러운 성질은 누구라도 기어오르는 걸 용납한 적이 없었다. 나이가 더 많다고 게기다가 징그럽게 터진 걸 어찌 잊을까?

관조는 일명이 변하지 않았다는 것을 알았다.

하긴 변하면 일명이 아니지…….

"에이, 대장인 걸 잊을 리가 있나? 오랜만이라 반가워서 그런 거지. 그럼 반가워하지도 말아야 한단 말이야?"

관조는 얼른 분위기를 바꿨다.

웃음 실린 관조의 얼굴에 일명은 그를 한 번 노려보고는 말을 돌렸다.

"우리 형 소식, 들은 거 없어?"

"아니."

둘이 일제히 답했다.

"전에 대장이 편지를 몇 번이나 보냈기 때문에 계속 애들을 시켜서 조사를 하고 있었어. 그런데 형님 소식은 없었어. 대장네 집은 매일 지켜보고 있는데…… 만약 형님이 오셨다면 우릴 찾거나, 소림사로 가셨겠지. 아무려면 대장을 찾지 않을 분이 아니잖아?"

그렇다.

그런 형이기에 걱정이었다.

아무런 일이 없다면 형은 이렇게 소식을 끊을 사람이 아니었다.

'무슨 일이 있는지 알 수가 있어야 어떻게 하지…….'

일명은 암암리에 머리를 감싸 쥐었다.

뾰족한 방법이 없었다.

이 너른 천지에서 대체 어딜 가서 찾는단 말인가.

'노백…….'

천화점을 운영하던 그 노인과 형이 같이 간다고 했었다.

불을 얻기 위해서…….

'노백이 누군지 알아낼 수 있다면…….'

생각을 굴려보지만 너무 막막했다.

그러고 보니 그냥 노백이지, 이름도, 어디에 사는지도 알지 못했다. 형에게 물어보았지만 그저 자신도 모른다면서 먼 곳에 다녀와야 한다고라고만 했었다.

불을 얻기 위해서……

천화(天火)를 얻기 위해서…….

"빌어먹을, 천화가 뭐야?"

"뭐라고?"

일명이 갑자기 내뱉는 소리에 관조가 되물었다.

일명은 형이 한 말을 이야기해 주고는,

"그러니 천화가 뭔지, 강호상에서 그런 말을 쓰는 문파 같은 게 있는지 한 번 알아봐. 그럴 수 있겠어?"

"돈이 들겠지만 알아보는 거야……."

"돈은 얼마가 들어도 좋다. 송 형에게 이야기해서 받아가."

"송짠돌이 돈을 막 주나? 우리들 걸로 대충 어떻게 해봐야지."

"우리들 거? 천왕파는 어떻게 되고 있어?"

"대장도 알다시피 사대천왕 중에서 남은 건 나와 천비뿐이지. 다들 이사 가고 해서…… 우린 나름대로 잘하고 있긴 하지만 거기까지야.

아직 크질 못해서 무력(武力)이…….”

무력이란 힘이다.

그걸 기르기 위해서 이 천왕관을 인수했다.

그러나 거기까지였다.

일개 무관(武館).

그것도 이름도 없는 무관에, 관주는 병석에 누워 오늘내일하는 참이었다. 그런 상태이니 주변에서 조금 힘을 쓰는 정도지 실제로 힘을 발휘하는 것에는 한계가 있을 수밖에 없었다.

사람들은 알지 못하지만, 이러한 계획은 모두가 일명이 사람을 시켜 보낸 편지의 지시에 의해 이루어졌었다. 소림사에 있으면서도 개봉의 뒷골목을 장악하겠다는 생각은 버리지 않았던 셈이니 어이가 없는 일이기도 했다.

“그까짓 무력…….”

일명은 코웃음을 쳤다.

“아직도 삼룡방과 흑호회가 판을 벌이고 있어?”

일명의 물음에 관조가 고개를 끄덕였다.

“맞아. 여전해. 다만 삼룡방이 더 커지고 흑호회가 작아졌지. 회주가 어디선가 다쳐서…… 그 뒤로는 두문불출이라고 하더군. 곧 삼룡방이 천하통일한다고 했는데 얼마 전부터 갑자기 주춤하고 있어.”

“왜?”

“외부에 알려지지는 않았는데, 알아보니 누군가의 힘에 의해 강제로 멈춘 것 같아. 일설에는 변성전장에서 뒷골목 쪽으로 힘을 쓰고 있다는 소리도 있고 하오문(下午門)이 움직이고 있다는 소리도 있고…… 요즘 들어 어딘지 모르게 상당히 복잡해…….”

"으음……."

일명은 잠시 생각에 잠겼다.

"천왕관에 애들은 몇이나 있어?"

"모두 서른 명쯤 되지."

일명의 물음에 동구가 답했다.

"너 정도 되는 애들은?"

"하나도 없지. 천비가 좀 낫지만 그래 봐야 몸이 날래서 내게 잘 안 잡힌다는 정도…… 욱!"

동구는 말을 끝내지 못하고 비명을 질렀다.

"그간 뭘 한 거야?"

동구의 머리통을 한 대 갈긴 일명이 동구를 노려보았다.

"뭘 하긴, 쎄빠지게 애들 가르쳤어! 덤비는 놈들 깨주면서…… 그래서 우리 영역이 생긴……."

"천왕파 영역이 뭔데? 어디까지야?"

"그건……."

"내가 있을 때 천왕파의 인원은 백 명이 넘었어. 어지간한 애들은 다 우리 천왕파였지. 개봉 전역이 우리 영역이었어. 그동안 불어도 시원찮은데, 서른이라고?"

"천왕관에 있는 애들만 그렇고……."

"아닌 애들은?"

"그게……."

동구가 말끝을 흐렸다.

"하지만 네가 없었잖아! 난 머리 쓰는 거 못한단 말이야! 관조가 나름대로 한다고 하니까 이 정도였지, 아니면 이미 다 무너지고 흔적도 찾을 수 없었을 거야! 내가 너처럼 사방에다 시비 걸었으면 우린 지금 해골도 남아 있지 않았을 거란 말야!"

동구가 볼멘소리로 소리쳤다.

"동구 말이 맞아. 어릴 때는 몰라도 이제 좀 머리가 굵어졌잖아. 장래에 대한 불안도 있고 우리가 크는 걸 좌시하지 않는 세력들이 많아. 지금도 겨우 버티고 있는 정도에 불과해. 더 키우겠다면…… 다른 세력과 부딪쳐야 하는데 우리 힘으로는 계란으로 돌치기에 불과했어. 지금도 우릴 먹으려는 놈들이 호시탐탐……."

"너 내가 보내준 무공 연습은 한 거야?"

일명의 불쑥 튀어나온 질문.

관조가 떨떠름하게 답했다.

"한다고 하긴 했지…… 성과는……."

일명이 손을 뻗는 걸 보고 관조는 멈칫했지만 일명은 이미 관조의 손목을 낚아챈 다음이었다.

내기를 움직여 관조의 내부를 살펴본 일명은 미간을 찡그렸다.

"그런 것 같다 싶긴 했지만 겨우 이거라니…… 아예 무공 연습을 하지 않았군."

"한다고 했지만 무슨 소린지 알 수가 없었어. 네가 다른 사람에게는 절대 비밀로 하라고 해서……."

그때.

퍽!

"으악!"

비명과 함께 동구가 나가떨어졌다.

옆에서 멀뚱거리고 있는 동구의 가슴을 일명이 냅다 후려쳤던 것이다.

훌쩍 떠올랐다 나가떨어진 동구는 가슴을 부여잡고는 죽는시늉을 했다.

"무, 무슨 짓이야?"

"그간 뭘 한 거냐? 내가 보낸 동자철신공(童子鐵身功)을 제대로 연마했다면 그 모양일 리가 없잖아?"

"관조랑 의논을 하면서 연마했지만 더 이상 되질 않았어……."

"이런 바보 같은 놈들……."

일명은 인상을 썼다.

소림사의 무공을 밖으로 유출할 수는 없다.

해서 장경각에서 본 일반 무공을 편지에다 써서 보내주곤 했었는데, 최대한 쉽게 풀어서 보냈어도 제대로 습득을 하지 못한 것 같았다. 하긴 그렇게 세세하게, 꼼꼼하게 그런 걸 설명하면서 챙겨 보낼 수 있는 일명이 아니기도 했다.

귀찮은 건 딱 질색이 바로 일명이니까.

그 정도만 해도 대단한 거였다. 일명으로서는.

"……."

일명은 미간을 찡그린 채 잠시 서 있었다.

차이가 나도 너무 났다.

자신의 진경(進境)과 아이들의 성취는 나머지를 보지 않아도 뻔했던 것이다.

이런 세력으로 과연 뭘 할 수 있을까.

"애들 다 모아."

第四章 삼룡방을 찾아가다

첫째 마당

사흘이 지났다.

그간 천왕관은 달라졌다.

훈련이 고되다고 해도 체계적이기 어려웠지만 일명이 나서서 지도를 하기 시작하자 대충 하던 애들은 모조리 나가떨어졌다. 아예 사람이 견디기 어려울 정도로 무섭게 다그쳤던 것이다.

견디지 못한 애들이 십여 명이나 튕겨져 나갔다.

가라구 그래.

독하지 못한 놈들은 필요없으니까.

일명이 간단히 정리했다.

쾅!

동구는 눈을 부릅떴다.

자신의 주먹이 벽을 파고들어 가 있었던 것이다.

사람의 주먹이 돌벽을 파고들어 가다니…….

믿지 못할 눈이 되어 자신의 주먹을 들여다보았다.

지난 며칠 동안의 고련(苦練)으로 주먹이 마치 돌로 변해 버린 것 같았다. 그전부터 모래에 처박고 새끼줄에다 비비고 별짓을 다했었지만 이게 불과 사흘 만에 전혀 달라져 버렸다.

"후흡!"

호흡을 정리하면서 발이 교차된다.

허리가 동반된 주먹은 허공을 세차게 가르며 다시금 눈앞의 벽을 쳤다.

쾅!

돌가루가 튀었다.

주먹이 은은히 아프다.

그러나 이젠 의심할 수가 없었다.

정말 주먹에서 경력이 일고 벽을 파고들어 간다.

"정말로 이게 가능하다니……."

동구는 신음을 흘렸다.

"천성권(天星拳)은 상승의 공부다. 내가 인도해 준 힘을 천성권력에 실을 수가 있다면 일류고수는 몰라도 누구에게 쉽게 농락당하지는 않을 거야."

일명의 말소리가 들려왔다.

언제 나타난 것일까?

연무장.

어둠이 깃든 이 밤.

혼자 미친 듯 수련을 거듭하고 있던 동구의 뒤에 일명이 서 있었다.
"그래. 정말 열심히 할게!"
신이 난 동구가 힘있게 고개를 끄덕였다.
첫날.
일명은 동구의 경맥을 일신의 내가진원으로 씻어냈다.
탁기(濁氣)를 걸러내고 기초를 다졌다.
우직한 것처럼 수련 또한 우직하여 성취는 보잘것이 없었지만 기초는 충실한 편이었다. 그러니 일명의 보살핌 하에 불과 며칠 사이에 일취월장, 몰라보게 달라지게 된 것이다.
"다시 쳐봐."
일명의 말.
"그, 그래!"
동구가 보란 듯 심호흡을 하고 죽을힘을 다해 벽을 쳤다.
쾅!
돌가루가 튀어 올랐다.
주먹이 벽에 반쯤이나 박혔다.
조금만 더 강했다면 벽을 뚫고 나갔을 수도 있을 위력이었다.
"어때?"
보란 듯 자랑스럽게 동구가 일명을 돌아보았다.
일명은 말없이 와서 동구의 옆에서 한 주먹을 뻗어냈다.
퍽.
별다른 폭음도 뭐도 없었다.
일명의 주먹은 그냥 진흙을 뚫고 들어가듯이 벽을 뚫고 들어갔다.
손은 이미 거둬진 다음이었다.

눈앞에 드러난 것은, 뻥 뚫린 벽의 구멍.

놀랍게도 그 구멍은 주먹의 모습을 세심하게 새겨놓은 것만 같았다.

"어, 어떻게 이런……."

동구의 턱이 벌어졌다.

"세상 밖에는 또 다른 세상이 있다. 자만하지 말고 열심히 해. 지금은 그게 네가 해야 할 일이다. 외경(外勁)을 수련하여 내경(內勁)이 따를 수 있도록 수련하면 너도 할 수 있어."

그때였다.

바깥이 소란스러워지는가 싶더니, 갑자기 비명이 터져 나왔다.

비명이 꼬리를 물었다.

"무슨 일이?"

동구가 놀라 고개를 돌렸다.

둘째 마당

"으으…… 대체 왜 이러는 거요?"

천왕관의 수련생 당삼은 가슴을 움켜쥔 채로 물었다.

그의 주변으로는 십여 명의 수련생들이 이리저리 쓰러져 신음을 흘리고 있었다.

그 앞에 우뚝 선 것은 음침한 얼굴의 중년인 한 사람.

세모꼴의 눈매와 바짝 마른 모습이 독이 오른 독사를 연상시키는 그는 당삼의 말에 주위를 둘러보았다.

"천성권 도정을 불러라. 아니, 어차피 뒷방에서 오늘내일 죽을 날을 기다리고 있는 자를 불러 뭘 하겠나? 그 철룡인지 토룡인지 하는 꼬마더러 나오라고 해라."

"토룡? 너 그 말 책임질 수 있어?"

바로 으르렁거리는 소리가 들려왔다.

철룡 동구.

산만한 거구의 동구가 눈을 부릅뜨고서 나타났다.

"듣던 대로 과연 곰 같은 놈이군."

중년인의 키는 동구의 가슴에 겨우 이를 정도라 체구에서부터 상대가 되지 않았다. 그럼에도 불구하고 음침한 안색의 중년인은 또각또각 손가락 마디를 꺾으면서 냉소를 흘리고 있었다.

"불만있으면 네가 토룡이 아니란 걸 증명해 봐."

"뭐야? 왜 여기 와서 행패지?"

주위를 둘러본 철룡 동구가 대노해 그를 노려보았다.

중년인은 혼자가 아니었다.

그의 뒤에는 서른 명이나 되어 보이는 장한들이 병풍처럼 버티고 서 있었다. 칼과 몽둥이를 든 그들의 기세는 흉악했다. 삼척동자라도 그들이 좋은 의도를 가지고 오지 않은 것은 알고도 남음이 있을 분위기. 하긴 나타나자마자 천왕관의 수련생들을 저 모양으로 만들었는데 말이 무슨 소용일 것인가.

"미련한 놈! 나를 보고도 누군지 모르다니…… 한심하군."

"네깟 놈이 누군지 내가……!"

말을 하던 철룡 동구의 얼굴이 조금 달라졌다.

중년인의 가슴에 일자로 검정색 용 하나가 새겨져 있음을 발견한 것이다. 그리고 그 뒤에 있는 자들의 가슴에도 그것과 같은 검은 용이 새겨져 있었다.

"흑룡? 설마 흑룡조(黑龍組)?"

"큭큭큭…… 이제야 알아보는군. 그걸 가상히 여겨 죽이지는 않으마. 그 자리에 무릎을 꿇는다면 말이야."

중년인이 음산히 웃음을 흘렸다.

그 말에 철룡 동구의 얼굴이 굳어졌다.

"흑룡조라면 당신이 흑룡조의 흑룡무심객(黑龍無心客) 갈마도일 텐데, 당신이 왜 여기에 와서 행패를 부리는 거지?"

말투에 어딘지 모르게 지금까지와는 달리 켕기는 어조가 묻어나왔다.

"행패?"

싸늘한 음성이 중년인의 입에서 흘러나왔다.

동시에 그의 신형이 쑥, 앞으로 튀어나가더니 철룡 동구의 얼굴을 후려쳤다.

창졸간에 동구는 그 손길을 피하지 못하고 세차게 따귀를 얻어맞고는 비틀거리면서 물러났다.

물러나기만 하고 쓰러지지 않는 걸 보자 중년인이 피식, 웃었다.

"호오? 그래도 곰 같은 놈이 덩칫값은 하는군? 오늘부로 이곳은 우리가 접수한다. 넌 내 밑으로 들어오고. 알겠나?"

그때였다.

"어디서 미친개가 짖어대는 거야?"

난데없이 들려오는 소리.

안쪽으로 통하는 월동문 담장 위에 한 사람이 앉아 있었다.

파르라니 깍은 머리를 짜증난 듯 긁고 있는 모습은 다름 아닌 일명.

"이건 또 뭐 하는 물건이야?"

일명을 발견한 중년인이 어이없다는 듯 혀를 찼다.

순간.

퍽!

그가 채 비명도 지르지 못한 채 턱을 하늘로 치켜들고는 뒤로 나가떨어졌다.

"아미타불, 터진 아가리를 함부로 놀리면 안 되지이……."

한 방에 중년인을 날려 보낸 일명은 동구를 돌아보았다.

"이 미친개는 뭐 하는 물건이냐?"

"그게……!"

순간.

일명을 향해 서릿발 같은 기운이 날아들었다.

종이도 소리없이 벨 만큼 날이 선 면도(面刀)였다. 엉겁결에 턱을 한 방 얻어맞고 나가떨어졌던 중년인이 분기탱천하여 일명을 덮쳐 온 것이다.

"헉?"

하지만 면도를 휘두른 중년인은 눈을 부릅떠야 했다.

일명이 대충 손을 뻗어 눈앞에 날아든 그 면도를 잡아버렸던 것이다.

사람의 손으로?

그가 눈을 부릅뜨고 있을 때.

"뭔 개가 칼을 휘둘러? 쯧쯧…… 그냥 두면 안 되겠군."

"그 미친개는 삼룡방의 돌격대 셋 중 하나인 흑룡조의 조장이다. 검은 지렁이라고……."

"지, 지렁이? 주, 죽여 버리겠……!"

이어지는 동구의 말에 중년인의 눈이 치켜떠졌다. 세모꼴의 눈에서 새파란 살기가 쏟아져 나왔다.

그의 별호는 삼룡방에 있는 만큼 흑룡무심객이라 했다.

그런데 흑룡을 검은 지렁이라고 했으니…….

하지만 거기까지였다.

퍽!

"캑!"

철퍼덕.

쨍그렁…….

아주 간단했다.

일명의 주먹이 그의 배에 박히는 순간에 그는 입을 딱 벌렸고 이내 배를 움켜잡고서 무릎을 꿇어야 했다. 배가 땡기고 숨이 막혀 어제 먹은 것까지 게워냈다. 손에서 면도가 언제 떨어졌는지조차 알지 못했다.

"불감청이언정 고소원이라고 하더니…… 안 그래도 피라미들 델구 놀아야 하나 말아야 하나 고민하던 참인데, 알아서 찾아오다니?"

일명은 피식, 웃더니 동구를 바라보았다.

"멍청하게 뭘 보고 있어? 저 물건들 다 엎어버리지 않고."

"그, 그래! 모두 다 죽여 버려!"

신이 난 동구는 목이 터져라 고함을 지르면서 앞으로 덮쳐 갔다.

흑룡조는 금룡, 황룡에 이은 삼룡방의 돌격대였다.

그들이라면 천왕관 정도는 어렵지 않게 접수할 수 있는 힘을 가졌다. 흑룡무심객이란 자도 일류고수라고는 할 수 없어도 만만한 자는 아니었다. 하나 그가 쓰러지고 선불 맞은 멧돼지처럼 동구가 달려들자 흑룡조는 지리멸렬하고 말았다.

장수가 꺾인 군대와 같다고나 할까.

게다가 철룡 동구는 불과 삼 일 전의 동구가 아니었다.

말 그대로 철룡이 되어 몽둥이로 치면 몽둥이가 부러져 나갔다. 자칫 치다가 그의 한 주먹을 맞게 되면 어육이 되어 날아가니 상대가 되지 않았다. 거기에 기세를 얻은 나머지 관원들까지 합세하자 상황은 순식간에 끝이 나버렸다.

상황이 정리되는 걸 보고 일명이 천왕관을 막 빠져나올 때, 눈썹이 휘날리게 달려 한 사람이 나타났다.

천비.

천왕파 사대천왕 중 하나인 그가 급히 달려온 것이다. 날렵한 몸 그대로 천왕파에서는 가장 빠른 사람이 그였다. 일명과 동갑내기.

"왜 그렇게 급해?"

이미 그와 그제 만나보았던 일명이 물었다.

"사, 삼룡방에서 우릴 습격할 거라고…… 그, 그래서 관조가 보냈어. 빨리 알리라고…… 노, 놈들은?"

반쯤 부서진 현판, 떨어져 나간 대문을 보고 천비가 다급히 물었다.

"빨리도 알린다."

일명이 피식 웃었다.

"다 끝났어."

철룡 동구가 씩, 웃으며 뒤에서 모습을 드러냈다.

"가자."

"어디로?"

"어디긴…… 삼룡방이지."

"뭐라고?"

웃던 철룡 동구의 입이 딱 벌어졌다.

*　　　　*　　　　*

"무리야."

급거 달려온 관조가 일명의 앞을 가로막고 고개를 흔들었다.

단호하게.

"뭐가?"

"삼룡방은 개봉의 터줏대감과 같아. 대장이 떠나던 때의 삼룡방이 아니란 말야. 방도(幫徒)만도 오백 명이 넘어! 금룡, 황룡, 흑룡의 삼 조는 개봉에서 제일이지. 흑호회의 회주도 그들과 맞서다가 그 모양이 되었다는 말이 있어. 네가 아무리 소림사에서 왔다고 하더라도……."

"이건 소림사와 상관없어. 내 일이지."

일명은 씨익, 웃었다.

"개새끼도 지 밥그릇을 건드리면 화를 내. 누구라도 내 밥그릇에 손을 대면 용서할 수가 없지. 그게 누구든지 말이야. 너희들 좀 있다가 삼룡방으로 와. 삼룡방을 접수할 준비하고."

일명은 바람처럼 눈앞에서 사라졌다.

…….

관조, 동구. 그리고 천비.

셋은 멀뚱히 서서 일명이 사라진 곳을 바라보았다. 그리고 서로를 돌아보면서 눈만 끔벅거리고 있었다.

삼룡방을 접수할 준비라고?

혼자서?

"미쳤어?"

"대체! 무슨 소리를 하는 거야?"

그들의 입에서 절로 비명이 터져 나왔다.

그들의 앞에로 삼룡방의 모습이 저 멀리 보이고 있었다. 관조가 급거 달려와 일명을 막은 것이 여기였던 것이다.

*　　　*　　　*

삼룡방은 군소문파다.

소림, 무당 같은 유구한 역사를 자랑하는 대문파와는 비길 수가 없다. 비록 방도가 오백이 넘는다고 하지만 실제로 거기서 소림사의 고수와 비길 만한 숫자를 찾을래야 찾을 수가 없는 건 너무 당연했다.

실제로 방주인 삼룡신군만 하더라도 남들은 그를 일류고수로 인정하지 않았다.

흑도의 패거리 두목 중 하나일 뿐.

그러니 삼룡신군이란 이름도 삼룡방 내에서만 불릴 뿐이지, 바깥에서는 전혀 달랐다.

삼룡신군 적추는 술상 앞에 앉아 있었다.

곧 저녁이 될 테니 그리 이른 술타령은 아니었다. 말술이 아니면 사내가 아니라고 껄껄대는 그이니 술상 앞에서 모든 일이 이루어진다고 해도 과언이 아니다.

삼룡대전이라 이름하는 그 자리에는 삼룡방의 핵이라고 할 수 있는 금룡, 황룡 두 개조의 조장과 십여 명의 향주들이 같이하고 있었다.

술을 따르는 계집들까지 생각한다면 적지 않은 숫자였다.

"갈마도 이놈은 왜 아직 안 오는 거냐?"

콸콸 술잔을 기울이던 삼룡신군 적추가 문득 옆을 돌아보았다.

그 옆에는 삼룡방의 참모라는 지다성(智多星) 이주라는 자가 있었다.

"곧 올 겁니다."

"그까짓 조무래기들 때려잡는 데 흑룡조를 다 동원하다니, 이당주 너무 심한 거 아니오?"

옆에서 금룡마조(金龍魔爪)라는 별호를 가진 금룡조장이 말했다.

"좀 과한 감이야 있지만, 흑호회에서 그놈들을 끌어들이려고 한다는 소문이 있었소. 제법 인재들이 있다고 하니, 그런 놈들이 흑호회로 들어가면 좋을 게 없지. 우리가 접수할 수 없다면 아예 싹을 잘라 버리는 게 옳소."

"맞아, 맞아! 내가 먹을 게 아니면 다 쓸어버려야 해. 자자, 우리 내기하자. 흑룡조가 언제 돌아올지에 대해서……. 크하하하, 본 방주는 흑룡조가 일각 이내에 돌아올 거라는 데 금 열 냥을 걸지!"

"오!"

탄성이 터졌다.

그런데……

"돌아오지 못한다는 데 금 만 냥을 걸지."

난데없이 들려오는 소리.

"어떤 놈이냐?"

놀라 주위를 돌아보던 자들이 소리쳤다.

그럴 수밖에 없는 것이 장내의 누구도 그런 말을 하지 않았고, 말을 한 사람이 보이지도 않았던 것이다.

퍽!

아코오…….

비명과 함께 방금 소리친 지다성 이주가 벌렁 넘어졌다.
"저, 저……!"
"으음?"
여기저기에서 놀란 외침이 신음처럼 흘러나왔다.
넘어진 지다성의 얼굴에 붙어 있는 것은 짚신 한 짝.
대체 저게 어디서 날아온 것일까?
사람들이 놀라 두리번거렸다.
"저, 저기다!"
누군가가 소리쳤다.
정말이다.
한 사람이 대들보 위에 앉아 있었다.
달랑달랑 발을 흔들고 있는 그의 한쪽 발에는 짚신이 없다.
승포를 펄럭이고 있는 그는 사람들이 일제히 자신을 올려다보자, 아래를 내려다보면서 다시 말했다.
"어때? 나와 내기할 마음이 있으시오?"
"뭐야? 중이잖아?"
그때 일명은 사뿐히 아래로 뛰어내렸다.
"새파란 놈이……."
"감히 여기가 어디라고?"
십여 명이 자리에서 일제히 튀어나왔다.
당장 달려들어서 어육을 만들 기세였다.
하지만 그들의 몸은 이내 그 자리에서 석상처럼 굳어지고 말았다. 벌린 입도 다물어지지 않았다.
"이런, 초면에 모양새가 별로 좋지 않군. 신발도 신지 않다니……."

중얼거리면서 한쪽 발을 쳐든 일명이 발을 까닥거리자 지다성의 얼굴을 때렸던 짚신이 무엇에 끌리듯 훌쩍 날아가 그 발에 턱, 신겨지는 것이 아닌가.

그게 어떤 건지는 잘 모른다.

하지만 저것이 그들 중 누구도 흉내 낼 수 없는 놀라운 무공이라는 것은 그들도 알아볼 수가 있었다. 아무리 짜게 잡아도 저 사미와 지다성과의 거리는 일 장가웃이 넘었다. 그런데 발을 까닥거리는 것만으로 짚신을 가져갈 수 있다니!

그러니 어찌 함부로 움직일 수가 있을까?

엉거주춤, 어쩌지를 못하고 눈알만 굴릴 밖에.

"뉘시기에 이런 일을 하는 게요?"

삼룡신군 적추가 굳은 얼굴로 물었다.

그의 성품으로 생각하자면 정말 이례적인 태도가 아닐 수 없었다.

"아미타불…… 빈승은 소림에서 왔소이다."

일명이 한 손을 내보인 채로 정중히 말했다. 방금 전과는 달리 전혀 돌변한 모습.

"소, 소림?"

'소림사에서 왜 여기를…….'

웅성거림이 일었다.

"소, 소림사에서 왜?"

삼룡신군 적추가 떨떠름히 입을 열었다.

"아미타불, 귀하가 삼룡방의 방주인 삼룡야차 적 방주요?"

그 말에 삼룡신군 적추의 얼굴이 일그러졌다.

그의 얼굴은 어릴 때 마마를 앓아 흉한 곰보 자국이 많았다. 거기에

화를 내면 얼굴이 시뻘겋게 달아올라 야차의 현신과도 같아 모두는 그의 성미와 더불어 그를 야차라고 불렀다.

삼룡신군이란 삼룡방 내에서, 그마저도 방주인 그의 앞에서만 부르는 이름이었다. 그걸 잘 알고 있는 삼룡신군 적추는 자신의 앞에서 감히 삼룡야차라고 부르는 저 건방진 꼬마 중을 그냥 둘 수가 없었다.

제가 아무리 소림사라고는 하나……

"법호가 어찌 되시나?"

소림사라는 이름은 너무 커서 차마 발작을 못하고 다시 물었다.

게다가 저 꼬마 놈이 보여준 한 수가 어떤 건지 그는 알아볼 안목을 지니고 있었던 것이다.

"그걸 알아서 뭘 하게?"

느닷없이 퉁하게 말을 받아버린 일명은 옆에 있던 닭다리 하나를 집어 들었다.

놀란 눈을 뒤로하고 죽죽 두어 번 뜯어버리니 이내 뼈만 남는다.

툭툭, 뼈를 뱉어내며 일명은 인상을 찡그렸다.

"기름을 많이 넣어서 느끼하기만 하지, 이건 요리도 아니군. 적 방주, 이런 걸 많이 먹으면 배때기만 나온다네."

말이 가관이다.

"너…… 소림사에서 온 게 맞나?"

삼룡신군, 아니, 삼룡야차 적추의 얼굴이 시뻘겋게 달아올랐다.

"아니, 소림사라기보다 지금은 천왕파의 지존으로서 왔지. 그리로 검은 지렁이들을 보냈더군?"

"……!"

안색들이 변했다.

"처, 천왕파야?"

"오늘부로 삼룡방은 천왕파에 복속된다. 방은 없어지고 삼룡당으로 개명한다. 불만있나?"

"무, 무슨 개소리…… 컥!"

불같이 화를 내던 삼룡야차 적추의 얼굴에 일명의 주먹이 틀어박혔다.

와장창!

적추가 상 위로 나가떨어졌다.

어떻게 피할 수조차 없다.

얼굴이 단방에 피투성이가 되어버렸다.

일어나지도 못했다.

그걸 보고도 누구도 감히 덤비지 못했다.

"누구, 이의있는 사람?"

일명이 주위를 둘러보았다.

…….

고요가 갑자기 삼룡대전에 찾아들었다.

너무 압도적이라 감히 덤벼들 수가 없는 것이다.

第五章
연적(戀敵)……

첫째 마당

"크아악!"

괴성과 함께 삼룡야차 적추가 벌떡 일어났다.

얼굴은 피투성이, 그러나 부릅뜬 눈에서는 분노와 살기가 뒤엉켜 흉광(兇光)이 이글거렸다.

"어라?"

일명은 눈을 끔벅였다.

뜻밖이라는 기색이 역력했다.

"제법 맷집이 있네?"

피식, 웃은 일명은 머리를 흔들었다.

"그냥 누워 있었으면 좋았을 건데……."

"뭐가 어째? 이 찢어 죽일 놈! 뭣들 하고 있는 거야? 이 개새끼들아!! 당장 달려들어 저놈을 죽이지 않고!!!"

삼룡야차 적추가 미친 듯이 소리쳤다.

그의 별호를 야차라고 하는 것은 단순히 얼굴의 흉악함에 기인하는 것이 아니었다. 그의 성질을 건드리면 마치 미친 사람처럼 돌아버리는데 평소에 비해 괴력을 내기 때문에 일류고수라 할지라도 그를 함부로 건드리기 어려웠기 때문이다.

게다가 개봉의 어둠을 지배하는 자라면, 그 자체로 허랑할 수는 없는 일이니 그의 능력은 생각보다 간단한 것이 아니었다.

그가 일어나 노호(怒號)하자 금룡, 황룡조의 조장이 일제히 덤벼들었고 서열이 십위권 내에 있는 자들은 당연히 그 뒤를 따랐다. 망설였다가 만에 하나라도 뒤에 올 후환이 어떤 건지, 너무 잘 알고 있는 까닭이다.

금방이라도 전신을 짓이길 듯 닥쳐드는 공격!

그걸 보고도 일명은 피식, 웃었다.

"아미타불, 부처님께서 이르시기를 돼지를 잡을 때는 새끼는 버려두라고 하셨지……."

퍽!

날아든 주먹을 슬쩍 귀 옆으로 흘리며 어느새 그놈의 면상을 손등으로 쳐 날린다.

"커헉!"

그자가 거꾸러질 때 일명은 다시 중얼거렸다.

"그런데 어찌 중생을 계도할 출가자의 신분으로 이렇게 정신없는 돼지들을 그냥 둘 수가 있겠나? 아미타불…… 부처님께서도 이해하시겠지."

말을 하는 사이에 툭, 내민 일명의 어깨에 받친 자가 가슴을 부둥켜

안고 나동그라졌다. 금룡마조라고 큰소리치던 금룡조의 조장은 손톱이 모조리 부러져 몰조(歿爪)가 되어버렸다.

퍽퍽 소리가 들리는가 싶더니 이내 일명은 그를 가로막던 자들을 날려 버리고 다음 순간에 삼룡야차 적추의 앞에 서 있었다.

눈이 뒤집힌 삼룡야차 적추가 그를 향해 달려들고 있었기 때문에 둘은 서로에게 달려드는 형국이라 가까워지는 속도는 가히 전광석화와 같았다.

"죽엇!"

어디서 난 것인지, 호수구 하나가 손에 들려 빛을 뿌린다.

번뜩이는 빛은 섬뜩한 살기를 뿌리면서 일명을 난도질해 왔고, 일명은 무모하게 그에게 달려들고 있는 것처럼 보였다.

"무식하긴."

한마디와 함께 일명은 발을 굴렀다.

"어—엇?"

삼룡야차 적추는 순간적으로 일명의 신형이 눈앞에서 퍽, 꺼지듯 사라지자 심상치 않음을 직감하고는 뒤를 돌아보았다.

거기 일명이 있었다.

웃는 얼굴로.

하지만 그의 손에 들렸던 목탁은 조금도 사정을 두지 않고 돌아보는 삼룡야차 적추의 머리통을 내려치고 있었다.

땅!

"불제자를 죽이면 그 죄업은 삼대(三代)를 두고 갈 것이니, 어찌 그런 짓을 하려 하나? 내 오늘 너의 정신을 바로잡아 주리니, 두고두고 나의 이런 보살심에 경배할지라."

따땅!

따다다당…….

"크악! 크아아아악!"

괴성이 아니었다.

비명(悲鳴).

처음 목탁에 머리통을 맞을 때는 골이 휑했지만 더 미친 듯이 노할 수밖에 없었다.

이런 수모라니!

그러나 반항조차 하지 못한 채로 계속해서 머리통을 얻어맞게 되자 나중에는 체면이고 뭐고 머리를 움켜쥐고는 도망가기에 바빴다. 그러다 결국 머리를 감싼 채로 쓰러지고 말았다. 이미 혼절한 뒤라 기식이 엄엄했고 터진 머리통에서는 시뻘건 선혈이 쿨쿨 쏟아지고 있었다.

혼절한 상태에서도 그는 전신을 덜덜 떨었다.

일명은 시선을 돌려 공포에 질린 얼굴로 자신을 바라보고 있는 삼룡방의 고수들을 보았다.

주춤.

그들이 뒤로 물러났다.

자신들이 어떻게 해볼 수 없는, 아예 차원이 다른 고수임을 그들도 이제는 확실히 알았기 때문이다.

"지다성이 누구야?"

일명이 물었다.

"나, 나요……."

얼굴에 짚신 자국을 낸 지다성 이주가 나섰다.

상대가 자신을 알고 있는 이상, 피한다고 될 일이 아님을 알았기 때문이다.

"나요?"

일명이 그를 노려보았다.

"예? 아, 저…… 접니다."

지다성 이주는 재빨리 머리를 돌리고는 말을 바꾸었다.

"천왕파가 삼룡방을 접수, 삼룡당으로 개편하는 데 문제있나?"

"무, 문제가 있다면 해결을 하면 되겠지요."

일명의 얼굴에 웃음이 떠올랐다.

"역시 지다성답군. 맡겨두지."

일명은 바깥을 보며 소리쳤다.

"뭘 보고 있어? 들어오지 않고!"

그 말에 쭈빗쭈빗 철룡 동구와 관조, 천비가 대청 안으로 들어섰다.

그들의 눈에 서린 것은 놀람, 또 놀람이었다.

죽어라 일명의 뒤를 따랐다.

아무리 그래도 혼자서?

하지만 삼룡방에 이르자 그들의 입은 다물어지지 않았다.

삼룡방은 말 그대로 개봉 뒷골목의 지존이었다.

도박, 매춘 별걸 다 하지만 그렇게 번 돈으로 그들의 보금자리는 거창했다. 패거리 오백은 말이 그렇지 결코 적은 숫자가 아니었다. 그런데 그런 삼룡방의 대문이 반쯤 부서져 있음을 필두로, 여기까지 이르는 길에는 쓰러진 자들이 부지기수…… 가히 전쟁터의 폐허를 보는 것만 같았다.

그리곤 그들의 앞에 드러난 광경!

어찌 입을 다물 수가 있을까.

"그, 그런……."

"그, 그건 조옴……."

신음이 대청을 흘러 바닥으로 깔려들었다.

"불만이란 소린가?"

"불만이 아니라, 스…… 신승(神僧)께서 삼룡방을 접수하신다 해도 이미 그 힘을 보았으니 누가 딴지를 걸겠습니까? 하지만 다른 사람이라면 수긍하기가 그리 쉽지 않을 거……."

지다성 이주는 일명의 눈총에 말끝을 흐렸다.

'신승? 웃긴 놈이네.'

일명은 속으로 크게 웃었지만 겉으로는 내색하지 않고 발을 굴렀다.

"불만있는 사람 말해봐. 지금! 나중에는 용서하지 않을 테니까."

우르르르릉…….

대청이 온통 무너질 듯이 요동을 쳤다.

천장에서 흙먼지와 부스러기들이 비 오듯 떨어져 내렸다.

힘을 모아 도움닫기 함을 진각(震脚)이라 하지만 이런 위력을 그들이 언제 보았을 것인가.

모두의 입이 얼어붙었다.

"야차를 데려가 치료해 주도록 해. 다시는 정상이 되지 못할 거야."

"그, 그럼?"

"그간 지은 죄를 생각하면 당장 죽여도 시원찮지."

일명의 차가운 눈길에 모두의 목이 자라목이 되었다.

"다들 두고 보겠다, 어떻게 하는지를……."

이번에는 일명의 음성이 대청을 쩌르르 울렸다.

다시금 대청이 몸을 뒤틀면서 흙먼지를 쏟아 내렸다. 차려져 있던 온갖 진미들은 흙으로 범벅이 된 지 오래였다.

말소리만으로도 이런 위력이라니!

모두의 얼굴이 창백해졌다.

명백한 시위요, 위협이었다.

누가 감히 반항하랴.

"이건 말이 안 돼!"

동구가 핏대를 세우면서 대들었다.

차마 사람들의 앞에서는 말을 하지 못했지만 그들만 남게 되자 동구는 물론이고 관조까지 반기를 들었다.

"왜 말이 안 돼?"

"내가 어떻게 천왕파의 대장이 되겠어? 아니, 된다고 쳐도 삼룡방의 저놈들이 날 인정할 것 같아?"

"인정 안 하면?"

"그건…… 그걸 몰라서 물어?"

"달려드는 놈이 있으면 패. 그럼 되잖아?"

"패? 내가?"

"왜?"

"내가 어떻게 삼룡방의 향주들을 이겨? 억!"

비명이 터져 나왔다.

일명이 머리를 쳤기 때문이다.

"저런 놈들을 이기지 못하면 밥 먹을 자격도 없다. 내가 가르쳐준 대로만 연습하면 삼룡야차가 되살아나서 달려들어도 걱정없다. 관조야."

"……."

관조는 멀뚱 일명을 바라보았다.

"운영은 네가 해. 알지? 기어오르는 놈들은 무섭게 밟아. 다시는 기어오를 생각도 못하게. 동구는 조금의 시간만 가지면 충분히 강해질 거다. 사실은 지금도 어지간한 놈들보단 강하다. 제가 스스로를 모를 뿐이지."

관조는 어이가 없는 듯 일명을 바라보다가 말했다.

"소림사에선 수도(修道)는 안 해?"

"수도?"

"어째 육 년이나 지났는데 전혀 변한 게 없는 것 같아서…… 억!"

그의 머리도 일명의 손에 비명을 질렀다.

"쓸데없는 소리 말고 할 일이나 잘해."

일명은 일어섰다.

"대충 정리되었으면 가보자."

"또…… 어딜?"

"검은 호랑이 잡으러."

"검은…… 설마 흑호회로 간단 거야?"

관조의 눈이 퉁방울처럼 커졌다.

"시작한 김에 다 해버리고 말지, 시간 끌 거 뭐 있어? 지다성이 불러다 앞장세워."

일명이 문을 나섰다.

"……."

관조와 동구, 천비는 서로 얼굴을 마주 보았다.

대체 저 괴물은…….

둘째 마당

"뭐야?"

흑호회의 회주 비천흑호(飛天黑虎) 뇌량은 벌떡 일어났다.

애첩을 끼고 일찌감치 자리에 누워 간만에 계집의 부드러움을 만끽하고자 하던 참이었다. 그간 병석에 누워 있느라고 밥보다 좋아하던 계집질을 못해 눈알이 돌 정도로 굶주렸던 그였다.

"누가 와?"

"삼룡방의 지다성 이주가 무리를 이끌고 왔습니다."

"노, 놈들이 쳐들어왔단 말이냐?"

"쳐들어…… 왔다기보다는 열댓 명 정도 되는데, 회주님을 뵙고자 청을 넣었습니다."

"청을?"

벌거벗은 계집이 뒤에서 입혀주는 옷에다 팔을 꿰며 비천흑호는 괴이한 빛이 되어 눈을 끔벅거렸다.

이 밤에 보자고 청을 넣다니……

이 바닥에서 있을 법한 일이 아니다.

"허어? 이당주가 이 시간에 나를 다 찾고? 어쩐 일이오?"

애써 태연한 척하면서 빈청에서 그를 기다리고 있는 지다성 이주를 맞으려던 비천흑호 뇌량은 안색이 조금 달라졌다.

스무 살도 되지 않아 보이는 어린 중놈 하나가 자리에 앉아 있었다.

그리고 그 좌우로 또 어린 놈들, 그리고는 그 뒤에 지다성 이주와 삼룡방의 향주들과 금룡조, 황룡조의 조장들이 서 있었던 것이다. 그중 덩치 큰 어린 놈은 본 기억이 있는 듯도 했다. 어쨌거나 자리에 앉아 있는 것은 중놈 하나뿐이니 신경을 쓰지 않을 수가 없다.

"누구……?"

시냐? 냐? 말을 결정하지 못한지라 눈으로 물으며 말끝을 흐렸다.

지다성 이주가 앞으로 나섰다.

"오늘부로 삼룡방은 삼룡당으로 개명하고 천왕파의 아래로 들어갔소."

"천왕파?"

비천흑호의 눈이 커졌다.

"찾아온 이유는 간단하오. 흑호회도 흑호당으로 개명하고 천왕파의 아래로 들어올 기회를 주기 위해서요."

"뭐, 뭐시라?"

비천흑호의 눈이 퉁방울처럼 튀어나왔다.

그때였다.

탕!

요란한 소리와 함께 일명이 탁자를 치며 말했다.

"조용히 해결하든지, 맞고 하든지는 본인 마음에 달렸겠지?"

"마, 맞고? 이런 씨부랄 노미……!"

한낱 애새끼가 감히 누구 앞에서, 라고 욕을 씹어뱉으려던 비천흑호의 말꼬리가 말려들어 갔다.

놀라운 광경을 보았던 것이다.

일명이 친 탁자.

그 탁자가 갑자기 아래로 쑥, 낮아져 있지 않은가!

'무, 무슨!'

부릅뜬 눈에 일명이 누르고 있는 탁자가 계속 낮아지고 있는 것이 보였다. 탁자의 다리가 계속해서 바닥으로 파고들어 가고 있었던 것이다.

힘을 쓰는 것 같지도 않았다. 그런데…….

경악으로 눈을 부릅뜬 그를 보면서 일명이 씩, 웃었다.

"감히 내게 욕을 하다니, 일단 맞는 걸 피할 수는 없겠네. 하긴 너도 야차만큼이나 나쁜 놈이긴 하지?"

퍽!

뭐가 어떻게 되는 건가.

비천흑호 뇌량은 신법으로 제법 이름을 날렸다.

그런데 일명의 신형이 의자에서 솟구친다 싶은 순간에 채 손을 쓰지도 못하고 눈앞에서 강렬한 불꽃이 튐을 느꼈다. 그것과 동시에 그는 턱을 치켜들면서 뒤로 나동그라지고 말았다.

턱이 부서졌다.

그리곤 의식을 잃었다.

그날 밤.

개봉성의 밤을 지배하던 두 세력.

삼룡방과 흑호회는 사라졌다.

대신 떠오른 것은 천왕파.

밖으로는 아무에게도 그 천왕파의 주인이 누군지 알려지지 않았다.

마침내 일명의 어린 시절, 운비룡의 꿈이 이루어졌다.

*　　　　*　　　　*

달빛이 밝다.

삼룡방의 인원이 오백.

그리고 흑호회의 인원이 약 이백팔십.

그들을 한 번 꿈적거림으로 모두 거두었다.

어린 시절의 꿈이 현실로 이루어진 셈이다. 그렇게 온갖 계획을 다 세웠었는데, 그 일은 너무 허무할 만큼 쉽게 이루어져 버렸다.

관조와 동구는 잠도 못 자고 눈이 시뻘게서 뛰어다니고 있었다.

뒷수습을 해야 하니 실제로 제일 바쁜 건 관조였다.

하지만 다시 천왕관으로 돌아온 일명은 심심했다.

사실 별로 힘을 쓴 것도 아니었다.

그가 배운 무공에 비해 그들이 알고 있는 뒷골목 실전무공들은 너무 허접했다. 어린아이가 아닌 갓난아이가 천 명이 있다 한들, 어른 한 명을 당할 수는 없는 법이다.

그 아이가 청소년이라도 된다면 몰라도.

"너무하네……."

한참 동안이나 뜰에서 달을 쳐다보고 있던 일명이 중얼거렸다.

그러했다.

너무하였다.

약지를 다시 만난 지 벌써 며칠째인가.

그런데 그녀에게서는 아무런 연락이 없었다.

바로 연락이 오겠지. 하고 기다렸건만 그 뒤로는 종무소식.

"젠장, 이게 무슨 친구냐?"

일명은 볼멘소리로 중얼거렸다.

짜증 섞인 음성.

오늘의 그 행보.

삼룡방이나 흑호회를 집어삼킨 것도 사실은 어이없게도 그 짜증스러움에 기인했다. 화풀이할 곳이 필요했던 것이다.

"에이, 더 이상은 도저히 못 참겠다!"

일명이 발을 굴렀다.

동시에 일명의 신형이 어둠을 가르며 허공으로 치솟았다.

밤새와 같이 밤하늘을 가르는 일명의 신형이 향하는 곳은 송왕부가 있는 쪽이었다.

셋째 마당

송왕부.

그곳은 예전 그 자리에 그대로 있었다.

"어디 안 갔군……."

말도 되지 않는 소리를 중얼거리며 송왕부를 바라보던 일명은 머리를 긁적거렸다.

난감했다.

이 시간에 만나자고 하기도 어렵고, 그렇다고 다시 쫄래쫄래 돌아가기는 더욱 싫다.

어쩌면 좋을까?

"젠장! 내가 언제 대문으로 들어갔냐?"

신경질적으로 머리를 긁적인 일명은 슬쩍 발을 구르는 사이에 소리도 없이 그 자리에서 사라졌다.

송왕부의 후원은 어둠에 잠겼다.

넓고 넓은 후원은 가산과 연못 등으로 둘러싸여 심산유곡에 들어온 것과 같았다. 어디가 어딘지도 알기 어려울 정도로 넓었다.

'소림사만 하네…….'

일명이 투덜거렸다.

소림본원은 실제로 그리 크지 않지만 하위 사찰과 암자는 사방으로 퍼져 그 넓이는 숭산 전체라고 할 만했다. 그러나 실제로 그 절 자체는 세상에 알려진 것보다 그리 크지 않았다. 그러니 그 넓은 후원을 보고 일명이 중얼거림도 무리는 아니었다.

송왕부는 근래에 들어서 엄중한 경계를 펴고 있었지만 그런 경계망으로도 일명을 막기는 부족했다.

이미 왕부를 한 번 와본 일명이었다. 게다가 후원을 통해 바깥으로 나간 적도 있었던 일명인지라 그때 자신이 넘어갔던 담장을 넘어오니, 사실상 누가 지키고 있다 할지라도 막을 방법이 없었다.

"말호란 이름이 촌스러워서 운비룡으로 고쳤단 말이지? 하긴 말호보단 운비룡이 낫긴 하네."

담 아래에서 입을 가리며 웃던 약지의 얼굴이 떠올랐다.

그때도 참 예뻤다.

'젠장, 지금은 더 예쁘잖아! 사람이 그렇게 예뻐도 되나?

그런 그녀의 어린 얼굴 위로 성장한 운혜군주 주지약의 얼굴이 겹쳐 들자 일명은 암암리에 크게 한숨을 내쉬었다.

폐월수화(閉月羞花)라더니, 그녀의 웃음은 수천 수만의 온갖 꽃이 한꺼번에 웃어도 발끝에도 미치지 못했다.

약지…….

일명의 눈앞에 마침내 여인들의 처소가 나타났다. 하지만 아무리 돌아봐도 어디가 어딘지를 알 수가 없다.

'너무 넓어서 찾지를 못하겠네. 한 놈 패서 물어봐야 할라나?'

그러자니 흔적이 남을 터였다.

내일 다시 와야 할까?

일명이 망설이고 있을 때 등불 하나를 든 시비가 나타났다.

깔끔한 모습인데, 일명은 소림사에 있으면서 고관대작이 드나듦을 수없이 봐왔다. 그렇게 해서 시비도 격이 다르다는 것을 알고 있었다. 높은 사람을 모시는 시비는 어지간한 여염집 아가씨보다 더 예쁘고 옷도 화려했던 것이다.

이 시비가 바로 그러했다.

'내전의 시비인가 보다.'

일명은 그녀의 뒤를 따랐고, 시비는 소리도 없이 월동문을 지나 정원을 가로지르고 있었다.

그녀의 앞에는 금방 정자 하나가 나타났다.

문향각(聞香閣)이라 이름하는 정자는 앞쪽으로 커다란 연못을 면하고 세워져 있었다. 굳이 말하자면 정자가 연못 앞으로 튀어나간 모양이라고나 할까.

버들이 우거지고 개구리들의 울음소리도 요란하다.

하늘에는 달이 구름 사이로 절반쯤 고개를 내밀고 있으니 가히 절가(絶佳)한 풍경이 아닐 수 없었다. 그 자리에 서 있는 것만으로도 풍경에 취할 정도로.

그 문향각에는 문사(文士) 차림의 남자 하나가 뒷짐을 지고서 연못을 바라보고 있는데, 밤바람에 백의를 펄럭이고 있는 모습은 멋들어진 풍경화를 보는 것과도 같았다.

"곧 군주마마께서 납실 것입니다."

문향각에 들어선 시비가 그의 뒤에서 허리를 굽혔다.

"사정이 있어 빨리 마중하지 못하셨으니, 양해를 바란다는 말씀이셨습니다."

"알겠다고 전해 드려라."

문사가 그녀를 보면서 고개를 끄덕였다.

고개를 돌린 그의 나이는 이제 이십대 중반으로 보였다.

훤칠한 키에 깎은 듯 수려한 얼굴, 손에 든 섭선을 휘적휘적 부채질하는 그에게서 느껴지는 것은 뭐랄까? 기품이 보인다고 할까? 말 그대로 멋이 있었다.

시비가 납신, 허리를 굽히고 멀어짐을 보던 그는 천천히 걸음을 옮겨와 탁자에 놓인 찻잔을 들었다.

희미한 만년등 아래 몽글거리며 찻잔에서 올라오는 김.

"좋군."

한 모금을 맛본 그가 나직이 중얼거렸다.

그때 문득 들려온 영롱한 소리.

"탁 대가(卓大哥)께서 좋아하시는 것이라 일부러 시켰지요, 마음에 드시나요?"

말과 함께 궁장려인 한 사람이 나타났다.

아직은 풋꽃처럼 싱그럽지만 그 자체만으로도 사람의 눈을 끌고 남을 만한 미모를 가진 그녀야말로 바로 운혜군주 주지약이었다.
"어서 오시오, 약 매."
그녀를 보자 백의문사가 웃음 지으며 일어났다.
"경사에서 뵌 지 불과 몇 개월이 지나지 않았는데, 그사이에 더 헌앙해지신 듯하네요."
운혜군주 주지약의 말에 백의문사는 하하 웃음을 터뜨렸다.
"이런, 내가 해야 할 말을! 약 매야말로 그사이에 더욱 예뻐졌구려. 이젠 웬만하면 바깥출입은 하지 않아야 하겠소."
"그게 무슨?"
"그처럼 나날이 예뻐지고 기품이 더하니, 세상 여인네들이 약 매의 얼굴을 보면 어찌 살맛이 나겠소? 그러니 약 매가 바깥에 나가지 않는 것만으로도 구층보탑(九層寶塔)을 쌓는 공덕이 될 게 아니겠소?"
"오호호호…… 탁 대가도 농담을 할 줄 아시네요?"
운혜군주 주지약이 입을 가리며 맑게 웃음을 터뜨렸다.
두 사람의 분위기는 매우 화기애애할 뿐 아니라, 서로가 매우 잘 아는 것이 분명했다. 그녀의 신분으로 상대를 대가(大哥)라고 부른다는 것은 상대를 잘 알뿐더러, 그와 가까운 사이란 의미이기 때문이다.
그러나.
'저건 또 어떤 물건이냐?'
숨어 있던 일명은 홍두깨에 뒤통수를 얻어맞은 기분이었다.
이렇게 더러운 기분이라니!
나보다 잘생겼다.
게다가 저렇듯 의젓한 기품이라면 귀족일 테지.
주지약이 자신을 찾지 않은 이유를 알 수 있을 듯했다.

웃음소리에 이어 사내의 음성이 다시 들려왔다.

"천지명호(天地茗毫)는 만드는 법이 까다로워 한 봉지를 얻으려면 대개 삼만 개의 싹과 잎이 필요하다고 들었소. 탄청(攤青), 살청(殺青), 열유(熱揉), 정형(整形), 제호(醍醐)의 다섯 단계가 한달음에 이루어져야 하니 결코 쉽지 않은 일이지. 이 차는 천지명호의 차 맛을 아주 잘 우려내고 있으니, 천금을 주고도 구하기 어려운 좋은 차요."

"탁 대가께서 좋아하시니 저도 기뻐요."

운혜군주 주지약이 다시 웃었다.

그녀의 웃음소리는 마치 바늘처럼 콕콕 일명의 가슴을 찔렀다.

"그런데 어쩐 일이세요? 경사를 떠나시다니?"

"일이 있어서 이곳을 지나던 길이었소. 그러니 어찌 그냥 갈 수가 있겠소? 겸사 약 매를 보러 왔는데 사실은 시간이 너무 늦어서……."

"저도 아직은 자지 않았으니 괜찮아요. 그런데 무슨 일로?"

"황상의 명을 받았소."

"황상의 명을……."

그의 앞에 앉은 운혜군주 주지약의 얼굴에 놀람의 빛이 떠올랐다.

"뭔가 조사를 할 일이 있어서……."

그가 말끝을 흐렸다.

그게 무슨 뜻인지 모를 주지약은 아니었다.

더 이상 말을 하지 않겠다는 의미인 것이다. 아니, 할 수 없다는 소리일 수도 있었다. 자신이 채근한다면 모른 척할 사람이 아니었다. 그러나 그에게 그런 부담을 주고 싶지 않은 주지약이었다.

…….

밤바람이 파라락 두 사람의 옷자락을 흔들었다.

연못을 바라보며 나란히 선 두 사람의 모습은 누가 봐도 매우 잘 어울렸다.

"이번 임무는 매우 비밀스러운 것이라서 사실은 누구에게도 내 모습을 드러낼 수가 없었소."

"그런데……?"

주지약이 그를 바라보았다.

그도 주지약을 보았다.

그의 눈이 웃고 있었다. 물결치듯이.

"약 매가 보고 싶어서 견딜 수가 없어서……."

더 이상의 말은 필요없었다.

눈이 말하고 있었다.

불과 얼마 되지 않은 시간이었음에도 떨어져 있는 것이 괴로웠노라. 그만큼 너를 보고 싶어서 이 밤, 늦은 시간을 무릅쓰고서라도 너를 찾아왔다는 것이 그대로 느껴졌다.

"탁 대가……."

"약 매."

그, 탁검룡(卓劍龍)은 손을 내밀어 주지약의 손을 잡았다.

그녀는 그의 손길을 거부하지 않았다.

흔들리는 눈빛으로 그를 바라보고 있을 따름이다.

경사에서 저 남자는 모든 여인들에게 있어 선망의 대상이다. 젊은 나이에 미혼, 게다가 막강한 배경에 황제의 신임까지 받는, 말 그대로 버릴 것이 하나도 없는 사람이 그였다. 지위나 배경에 별로 연연하지 않는 주지약이 끌릴 정도로 멋있는 사람이 그이기도 했다.

그런 그가 자신을 보고자 이렇게 임무를 이탈하면서까지 찾아왔다고 하니, 어찌 기쁘지 않겠는가.

다른 사람도 아닌 그가.

그가 잡은 손에 힘이 들어갔다.

그 힘에 따라 주지약의 몸이 앞으로 쏠렸다.

그의 얼굴이 눈앞에 가까워졌다.

그의 다른 손이 부드럽게 그녀의 어깨를 거쳐 뒷머리로 넘어갔다. 그의 숨결이 입술에 닿을 듯 느껴졌다.

일렁이는 눈빛이 눈앞에 있었다.

거부하거나 눈을 감아야 한다.

주지약은 일순간의 망설임 속에서 눈을 감는 쪽을 선택했다.

살포시 내려감기는 주지약의 눈, 긴 속눈썹이 파르르 떨림이 보였다.

탁검룡은 회심의 미소를 지으며 머리를 기울였다.

그처럼 원했던 그녀의 입술, 그녀가 자신의 것이 되기 위해 거기에서 기다리고 있는 것이다.

'아 시팔! 미치겠다아!'

암중에 숨어 그것을 지켜보고 있던 일명은 사태가 괴이한 방향으로 흐르는 것을 보자 눈에서 불똥이 튀었다.

아무것도 보이지가 않았다.

저 시팔 놈이 감히 엇다가 돼지 주뎅이를…….

첨벙!

탁검룡과 주지약, 그들의 바로 앞에 있는 연못에서 커다란 물보라가 일어났다.

"……!"

두 사람은 소스라쳐 놀라 떨어졌다.

주지약의 놀람이 가장 컸다.

"누구냐?"

탁검룡이 주위를 쓸어보면서 차갑게 외쳤다.

노한 빛이 역력한 음성이었다. 다된 밥에 코를 빠트리는 격이니 사내로서 어찌 노하지 않을쏜가.

"무슨 일이에요?"

"누군가가 뭘 던졌소."

탁검룡은 전광과도 같은 시선으로 사방을 살폈지만 아무것도 나타난 것은 없었다. 보이는 것도 느껴지는 것도 없었다.

하나 그는 어깨를 슬쩍 흔드는 사이에 정자의 난간에 올라섰고, 난간을 밟는 순간에 연못의 연잎을 밟고는 정자에서 삼 장가량 앞에 있는 커다란 소나무 위로 날아들었다.

"괴이하군……."

탁검룡의 안색이 굳어졌다.

그의 무공은 겉으로 드러난 유약함과는 달리 고강하기 이를 데 없었다. 그런 그의 무공으로 뭔가를 분명히 느꼈는데 아무도 없다니?

주변에는 사람이 숨을 곳이 별로 없었다.

물론 다른 사람이라면 사방에 널린 암석군이나 나무들 가운데 숨을 수가 있겠지만 그의 앞에서는 그럴 수가 없다. 어둠을 뚫고 사물을 분간할 수 있는 데다가 마음만 먹는다면 십 장 이내에서 나뭇잎이 떨어지는 소리까지 들을 수 있는 능력자가 그인 까닭이다.

"누가 몸을 숨긴 건가? 모습을 드러내라."

그가 싸늘히 외쳤다.

화가 나서 해본 말이었다.

몸을 숨긴 사람이 있다면 그의 그런 말에 나타날 리도 대꾸를 할 리도 없을 것이기 때문이다.

그런데 사태는 점입가경.

'시팔 놈아! 능력있으면 찾아봐.'

난데없이 들려오는 음성, 걸쩍한 욕설에 탁검룡의 검미가 곤두섰다.

정말 누가 있으리라고는 생각하지도 못했다.

그런데 대답까지 들려오다니?

'어떤 놈이 감히…….'

피— 융—

그의 신형이 어둠 속에서 솟구쳐 마치 귀신의 그림자처럼 주변을 휩쓸었다.

"아……!"

그 광경에 주지약마저 놀라 입을 벌렸다.

그가 고강한 무공을 지닌 것은 이미 알고 있는 일이었다.

그러나 경신공부에 저런 놀라운 조예를 지니고 있을 줄은 알지 못했었다. 그의 모습은 정말 허깨비와 같이 너울거리는데 표홀(飄忽)이란 말이 어떤 것인지를 극명하게 보여주고 있었던 것이다.

하지만 그뿐이었다.

"누구라도?"

주위를 질풍처럼 휘돌고는 돌아온 탁검룡을 보고 주지약이 물었다.

"아마도 잘못 들었던 것 같소."

탁검룡이 조금 굳은 얼굴로 말을 받았다.

그러면서도 그의 눈은 암중에 사방을 살피고 있는 중.

그런데.

'시팔 노미, 꼴에 자존심이 있어갖구…….'

그의 귀에 날아드는 전음지성.

비웃음이 역력한 그 음성은 다시 생각할 필요도 없이 그를 겨냥한 것이고 그를 놀리고 있는 것에 다름이 아니다.

주지약의 앞이다.

해서 차마 발작은 하지 못하지만 수려하던 그의 얼굴, 이마에 핏줄이 불거졌다. 얼굴로 붉어졌고 어금니를 깨물어 목에도 핏대가 곤두섰다.

"탁 대가, 어디 안 좋으신……?"

주지약이 걱정스레 물었다.

그의 상태가 달라진 것을 알아본 것이다.

"아, 아니오. 아무래도 오늘은 이만 돌아가야 할 것 같소. 자리를 너무 오래 비운 듯해서……."

그는 손을 주지약의 어깨에 올렸다.

"다시 오겠소! 가능한 빨리."

"예, 그러세요."

주지약이 그를 향해 웃어 보였다.

"그럼."

한 걸음 물러난 그가 그녀를 향해 포권을 해 보였다.

그리고 그의 신형은 어둠 속으로 빨려들 듯이 사라져 갔다.

…….

주지약은 그의 신형이 사라짐을 아쉬운 듯이 바라보고 있었다.

'씨이—팔…….'

그런 그녀의 모습을 바라보는 일명의 입술은 잔뜩 비틀려 있었다. 속이 쓰렸다.

자신이 아닌 다른 남자를 좋아하다니!

이게 무슨 말도 안 되는 이야기란 말이냐.

이런 게 아닌데!

쏴아아—

빗소리처럼 연못의 물소리가 세차다.

바람 소리에 쓸려 그때마다 연못은 출렁거리며 파도를 일으킨다. 잉어가 잠도 자지 않고 이따금 고개를 내밀고 사방을 살폈다.

문향각.

향기를 듣는다는 이 정자는 이제 비었다.

하지만 일명은 아무도 없는 그 정자를 멍청하게 바라보고 있었다.

조금 전까지 거기 서 있던 주지약의 모습이 잡힐 듯 선명하기만 했다. 그놈이 떠난 다음에도 정자를 떠나지 않고 못내 아쉬운 듯이 그놈이 간 곳을 바라보고 있던 그녀는 한참이나 지난 다음, 한숨을 쉬면서 그 자리를 떠났다.

그걸 보면서도 차마 그녀의 앞에 나타날 수가 없었다.

자괴감이 밀려들었다.

손을 들어 반들반들한 민머리를 만져 보았다.

하긴 이 중머리로 여자의 사랑을 받으리라 생각한 것 자체가 잘못 아닌가? 설사 생각했다 할지라도 포기를 했을 터이다.

차라리 머리를 기르고 올걸.
그까짓 거 파계가 무슨 대수이겠나.
그녀만 얻을 수 있다면.

—나는 그녀에게 어떤 존재일까?

일명은 쭈그리고 앉아 그답지 않은 고민을 했다. 그러나 아무런 결론도 나오지 않았다.
한 번의 인연.
지난 세월, 오로지 그 인연만을 가슴에 담고 살았다.
그답지 않게 그녀를 생각할 때마다 가슴이 벌렁거렸었다. 그리고 그녀를 만나자 숨이 막힐 듯했다.
그런데 이런 일이…….
"빌어먹을!"
일명은 발을 굴렀다.
그의 모습이 그 자리에서 사라졌다.
쏴, 쏴쏴아아…….
바람이 연못을 출렁이고 나뭇잎을 흔들었다.
남은 것은 정자 하나.

第六章

형의 그림자……

첫째 마당

운혜각(蕓蕙閣).

자신의 거처로 돌아온 주지약은 거추장스러운 궁장을 훌훌 벗어버렸다. 그러자 놀랍게도 그 안에는 이미 몸에 착 달라붙는 흑의 경장을 입고 있었다. 옷장에서 바람막이를 꺼내 두른 주지약은 손을 뻗어 검을 꺼내 들었다.

졸지에 야행인이 되어버린 주지약은 슬쩍 손을 흔들었다.

그러자 방 안의 불은 일제히 꺼져 버렸고 주지약은 바람처럼 열린, 자신의 방 이층 창문을 통해 아래로 날아내렸다.

가볍게 지붕을 찬 그녀가 담을 넘어 어둠에 잠긴 전각에 당도하자, 어둠 속에서 한 사람이 모습을 드러내어 그녀를 맞이했다.

"준비는?"

"명을 기다리고 있는 중입니다."

"지금 출발시키도록 해."

"존명(尊命)!"

말과 함께 흑의인이 사라졌다.

주지약은 고개를 돌려 자신의 거처인 운혜각을 바라보았다.

일층에는 불빛이 보이지만 자신의 침소인 이층에는 불이 꺼져 있어 누구도 그녀가 지금 여기에 있음은 짐작하지 못할 터였다.

암중에 한숨을 몰아쉰 그녀는 발을 굴러 그 자리를 떠났다.

지금의 그녀를 보고서 누가 정자에서 얼굴을 붉히던 그녀를 상상이라도 할 수 있을까.

"떠났느냐?"

송왕 주대진이 물었다.

"예. 지금 막."

그 앞에 부복한 검은 그림자가 대답했다.

촛불의 그림자에 숨은 듯 보이는 그 흑영은 기척없이 그 자리에 부복해 있었다.

"가서 뒤를 봐주도록 해라."

"옛!"

짧은 대답.

흑영은 말과 함께 그 자리에서 사라졌다.

잠시 촛불의 일렁임을 바라보고 있던 송왕 주대진은 머리를 설레설레 흔들었다.

"녀석, 계집아이가 굳이 나서서 뭘 하겠다고…… 내 비록 아들이 없다 하나 네 녀석이 그렇게까지 나서지는 않아도 될 것을."

문득 그는 깊게 미간을 찡그렸다.

"누이…… 대체 무슨 생각으로 탁검룡까지 내려 보낸 거란 말이오? 설마 하니 정말 나를 잡을 생각이오?"

그는 다시금 설레설레 머리를 저었다.

"현명하지 못한 짓이오. 나는 굳이 경사로 진출할 생각이 없고 연왕의 고사(故事)를 본받고 싶지도 않소. 부디 잠자고 있는 사자를 깨워 일으키는 일은 하지 말아주시오."

그의 눈 깊은 곳에서 빛이 일었다.

일순, 그의 주변에서 일진 바람이 일어 휘장들을 휘감아 올렸다. 바람은 송왕 주대진을 감고서 그렇게 세차게 일고 있었다.

*　　　*　　　*

달빛이 처량하다.

하늘을 쳐다보니 달이 청승맞고, 고개를 떨구니 땅이 눈물겹다.

빌어먹을!

일명은 연신 빌어먹을을 되뇌었지만 어깨가 쳐짐을 어쩌지 못했다. 천왕관으로 가기도 싫었다. 하릴없이 떠돌다 보니 눈앞에 보이는 것은 무덤 하나.

어느새 아버지의 무덤 앞에 와 있었다.

"젠장, 여길 왜 온 거야!"

일명은 툴툴거리면서도 그 자리에 풀썩, 주저앉았다.

메말라 버린 무덤의 풀.

봄이라고는 하지만 주변은 쓸쓸하기 짝이 없었다.

술이라도 사 올걸.

고기 먹기를 꺼려하지 않는 일명이니 술인들 못 마실까. 하지만 술 사러 가기도 귀찮았다.

모든 게 싫고 짜증이 났다.

어느 순간, 어깨를 늘어뜨린 채 고개를 떨군 자신의 모습을 땅바닥에 멀거니 드리워진 자신의 그림자를 보곤 깨달은 일명은 툴툴 웃음을 흘렸다. 한심하기 이를 데 없는 모습이 아닌가.

“웃기잖아요?”

일명은 문득 고개를 들고 무덤을 보았다.

“삼처사첩을 거느린 천하의 영웅이 되겠다고 큰소릴 쳤었는데, 왜 약지 말고는 다른 여자는 눈에 들어오지도 않는 걸까요? 고귀하신 군주님이라서?”

피웃.

손을 펴서 흔들자 놀랍게도 손이 닿지도 않았음에도 무덤 위에 자랐던 풀들이 풀풀 흩어져 날렸다. 마치 낫으로 잘라낸 듯이.

“힘을 얻었는데 쓸 곳이 없군. 아무 데에도…….”

그때,

“여기서 뭘 하는 거야?”

말과 함께 관조가 나타났다.

“어쩐 일이냐?”

일명은 관조를 보지도 않고 심드렁히 대꾸했다.

“어쩐 일은, 대체 어딜 갔던 거야? 사방 다 찾아다녔구만. 애들이 널 발견했기에 망정이지…….”

관조는 일명의 옆에 털썩 주저앉았다.

"그렇게 엄청난 일을 저질러 놓고 그냥 사라져 버리면 그 뒷수습을 누가 해?"

"네가 하면 되잖아?"

"내가 뭔 수로? 그들이 내 말을 들을 것 같아?"

일명이 피식, 웃었다.

"말 안 듣는 놈이 있으면 데려와, 듣도록 만들어줄 테니까."

관조는 한숨을 내쉬었다.

천방지축.

그러면서도 무서운 것이 일명이었다.

일견 마구 덤비는 것 같으면서도 모든 걸 다 계산하고 있는 천재라는 걸 관조는 잘 알고 있는 것이다. 어릴 때부터 저게 사람이냐? 라는 느낌이 볼 때마다 들었었는데 이젠 힘까지 가졌으니…….

"뭐라고?"

"하오문에서 소식을 들었다. 하오문 개봉 지단의 소두목인 자가 개방의 개봉 분타에서 얻은 소식이라고……."

"형이 화룡문의 무공을 썼다고?"

"명확하지는 않아. 하지만 그때 네 형이 집에서 백존회와 만나 한바탕 시끄러웠을 때, 개방의 고수 한 사람이 네 형을 구해주었다고 하더군. 그 기록이 개봉 분타에 남아 있었던 모양이야. 별로 중요한 것이 아니라서 흘러나온 듯하고……."

"화룡문이 어떤 곳인데?"

일명은 눈을 빛내며 물었다.

"하오문에서 조사를 했는데, 아! 참고로 이거 대가로 은자 스무 냥이나 들었다. 이걸 메우려면…… 앗!"

관조가 비명을 질렀다.

일명이 뒤통수를 쳤기 때문이다.

"잔말 말고 빨리 말햇!"

"으윽…… 삼십 년이 좀 넘은 옛날에 활동하던 전설상의 문파래. 뭐라더라? 천화성군인가? 그런 사람이 세운 문파라고……."

"거기가 어디야?"

"뭐?"

"화룡문이 어디냐고."

"몰라."

"뭐?"

"모른다고. 무슨 이유에서인지 활동하던 문도(門徒)들이 갑자기 사라져서 이젠 사람들도 다 잊어버렸다고 하던걸. 내가 일부러 화룡문에 대해서 조사해 주면 돈을 더 주겠다고까지 했는데도 아는 게 없다고 했어."

"그런……."

일명의 얼굴이 일그러졌다.

그럴 수밖에 없는 게, 들으나마나 한 소리이기 때문이다.

사라진 지 수십 년도 더 된 문파. 어디 있는지도 모르는 문파를 이름만 가지고 찾는다는 것이 어불성설이라는 것 정도는 일명도 알고 있었다.

"네가 만난 자가 누구야?"

"누구? 하오문?"

"그래."

"만나도 소용없다니까……."

*　　　*　　　*

하오문(下午門)은 어둠 속에 존재하는 문파다.

문파이긴 하지만 통일된 계통이 존재함도 아니고 각 지역의 여러 갈래가 모여 서로를 돕는 일종의 조직이었다. 그 구성원들 또한 각각이라 술집 기녀에서 도박장의 도수(賭手), 거리의 소매치기에서 장물아비까지 뒷골목 인생들은 모두 모여 있다 할 수 있었다.

청풍루의 정삼은 바로 그런 사람 중 하나였다.

겉으로는 청풍루의 기녀인 홍앵의 기둥서방이고 또 건달패들을 막는 주먹 중의 하나이긴 하지만 실제로는 하오문의 개봉 지단의 향주가 그의 신분이었다.

그의 일이라는 것이 별문제가 없으면 도박이나 하고 술이나 퍼마시는 것인지라 이런 시간이면 당연히 뒷방에서 일당들과 모여 패구(牌九)나 하는 판이다.

그런데 난데없이 찾아온 사람을 보자,

"허, 꼬마 스님이 여긴 어쩐 일인가? 계집이라도 따먹어볼 판인감? 참 세상…… 퉤퉤! 아무리 말세라지만 중이 기루에……."

일명을 위아래로 훑어 내리는 그 눈길은 이내 경악으로 커져야 했다.

자신의 의사와는 관계없이 머리가 허공에서 땅바닥으로 내리박히고 있었기 때문이다.

퍽!

격렬한 고통이 찾아왔다.

머리가 깨지는 것 같았다. 눈에 보이는 것은 아무것도 없다. 골이 휑하고 별이 눈앞에서 번쩍거렸다.

"긴말은 하지 않겠다. 화룡문에 대해서 아는 걸 다 말해봐. 그럼 이 걸 가지게 될 거야."

몽롱한 그의 눈이 눈앞에 내밀어진 은자가 아닌, 금자(金子)를 보면서 커졌다.

그 금자를 쥐고 있는 것은 그 어린 중놈.

'위험한 놈이다!'

그를 본 정삼은 화가 나기보다 머리 속에서 빨간 불이 켜졌다.

'대체 누구지?'

그의 무공은 강한 편이 아니다.

그렇다고 해서 이렇게 뭐가 어떻게 되는지도 모르고 땅바닥에 처박힐 만큼은 아니었다. 최소한 그의 생각으로는 그랬다. 그런데 그런 그가 아예 상대를 하지 못할 정도라니.

역시 강호의 속언(俗諺)은 틀림이 없다.

여자, 아이, 중은 잘못 건드리면 위험하다 했다.

이놈은 나이도 많지 않은 데다가 중이기까지 하지 않은가.

"화, 화룡문이라니?"

맹렬히 머리를 굴리면서도 그는 눈을 끔벅거렸다.

그때,

"우리 대장입니다."

난데없이 옆에서 들리는 소리.

"넌?"

그의 얼굴이 일그러졌다.

관조가 나타난 것이다.

하지만,

"삼룡방, 흑호회……."

관조가 말을 하면서 일명의 뒤에서 손칼로 목을 슥슥 그어 날리는 시늉을 함을 보자 정신이 번쩍 들었다.

모르는 사람이야 모르지만 하룻밤 사이에 일어난 일로 인해서 개봉성은 발칵 뒤집어졌다고 해도 과언이 아니었다. 그런 큰일을 저지른 것이 정체 모를 젊은 중이란 소문…….

그런데 그게 눈앞에 나타난 젊은, 저 어린 중놈이란 말인가?

"……."

정삼은 눈을 끔벅이며 관조를 보았다.

관조가 얼른 고개를 끄덕여 보였다.

그것을 보자 정삼은 정신이 번쩍 들었다.

"아, 아는 건 다 말했는데……."

퍽!

말도 없이 이번에는 얼굴이 주먹이 틀어박혔다.

"난 긴말 싫어해. 뭐든 알아내. 생각해. 아니면 금자 대신 주먹을 선택한 걸로 알겠다."

일명은 손에 든 금자를 불끈 쥐었다.

무슨 진흙처럼 손에 든 금자가 꾸물꾸물 손가락 사이로 삐어져 나왔다. 인간이 어찌 금을 진흙처럼 주물럭거릴 수가 있단 말인가!

그걸 본 정삼은 얼굴이 파랗게 질렸다.

보통 능력으로 될 일이 아님을 그도 충분히 알고 있었기에.

그렇게 몇 대를 더 맞고 나서야 비로소 정삼은 화룡문이 천산에서 발원(發源)했다는 것을 기억해 냈다. 하지만 그것뿐이었다. 아무리 머리를 쥐어짜도, 더 이상 나오는 것은 없었다.

제발 살려주세요…….

사색이 된 그가 빌고 또 빌었다.

매에는 장사가 없었다.

"금자는 필요없고?"

일명의 질문에 그는 머리를 세차게 흔들었다.

"개봉을 접수하신 선물로 제가 그걸 드린 걸로 하면 됩니다. 방주께선 대가를 치르신 거고…… 예, 그렇습니다!"

코피를 줄줄 흘리면서 정삼은 연신 고개를 조아렸다. 얻어맞은 눈탱이가 시퍼랬다.

"그런가? 하지만 푼돈에 연연하면 큰일을 못하지. 하오문과 내가 잘 지내면 하오문에 나쁠 건 없을 거야. 다시 볼 때는 서로 좋은 얼굴로 이렇게 길게 이야기하지 않기로 하지."

일명은 픽, 웃으며 그에게 금자를 쥐어주었다.

…….

정삼은 그 자리에 묵묵히 있었다.

일명이 사라진 뒤, 수하가 와서 부축해 일으킬 때까지.

일그러진 얼굴로 손에 든 괴상하게 일그러진 금자를 보면서 생각에 잠겨 있던 그는 한숨을 푹 내쉬었다.

"어린 놈이 무서븐 놈일세……."

일명이 마지막에 남긴 말의 의미를 깨달은 것이다.

서로 잘 지내자는 말이 자신을 적으로 돌리지 말라는 말임을.

그는 어기적거리며 일어나 전서구를 찾았다.

총단에다 보고서를 쓸 작정이었다.

둘째 마당

"아미타불…… 불제자의 신분으로 이젠 기루에까지 드나들더냐?"

막 청풍루의 후원을 벗어나던 일명에게 들리는 침중한 불호 소리, 일명은 전신이 굳어졌다.

"사, 사부?"

나타난 사람을 본 일명이 입을 딱 벌렸다.

정말 너무도 뜻밖의 사람이 나타난 것이다.

근엄한 얼굴에 승복을 걸친 사십대 후반의 승려.

가슴에 한 손을 세운 그야말로 대우.

일명이 스승으로 삼아 수계한 바로 그 사람인 것이다. 대체 소림사에 있어야 할 그가 어떻게 나타난 것이란 말인가?

"아미타불……."

긴 불호 소리와 함께 대우의 뒤로 승복을 걸친 사람들의 모습이 보이기 시작했다. 십여 명이나 되었다. 담장 위에 주욱 늘어선 그들의 모습에서는 장중함이 느껴졌다.

기루의 후원이라 차마 안으로 들어오지를 않는 것이다.

"여길 어떻게?"

"여길 어떻게라니? 네놈이 갖은 행패를 다 부리고 도주해 놓고도 그런 소리가 나온단 말이냐? 그러고는 기루 출입이라니!"

대우가 눈을 부릅떴다.

쩌러렁, 손에 들린 구환선장이 노해 떨어 울었다.

"그게 아니라……."

"아니긴 뭐가 아니란 말이냐? 감히 군주마마를……."

"그건 장문인과 이미 이야기가 끝난 건데……."

"이놈이 그래도 허튼소리를! 당장 따라나서지 못할까!!"

대우가 눈을 부릅뜨며 난감한 표정의 일명을 쏘아보았다.

—너와 나는 여기에서 만난 적이 없다.

문득 일명의 뇌리에 심혜 상인의 당부가 떠올랐다.

'젠장!'

일명은 당황한 표정으로 눈만 끔벅거리고 있는 관조를 보았다.

"넌 가봐. 아무래도 난 너랑 갈 수가 없을 것 같다."

"그, 그럼 소림사로?"

"가봐."

일명이 고개를 흔들었다.

그리곤 대우를 향해 고개를 숙였다.

"죄송합니다."

일명의 순순함에 뜻밖이란 듯 눈을 크게 떴던 대우는 굳은 표정으로 손을 저었다.

"후우, 우선 여길 나가자. 가면서 이야기를……."

"알겠습니다. 제자가 길을 열지요."

일명은 슬쩍 땅을 박차고 날아올라 담장을 넘었다.

담에는 도주로를 막고 선 나한들이 있었지만 일명과 대우의 말을 들은지라 굳이 그를 막지 않았다.

그런데……

"어딜 가는 게냐!"

일명이 조금도 망설이지 않고 훌훌 몸을 날려 사라지는 걸 보던 대우가 심상치 않음을 느끼고는 크게 소리쳤다.

"우선 나가서 말씀을 하자고 하셔서 말씀대로 하는 중이죠!"

일명의 대답에 대우는 땅을 박차며 신형을 떠올렸다. 한순간에 이미 기루의 담장에 선 그는 일명이 쏜살과 같이 어둠 속으로 사라지고 있는 것을 발견하고는 노갈했다.

"일단 거기 섯거라!"

"사부께서 기루 담장에 서 계시면 사람들이 오해할 겁니다. 거기서 먼저 내려오세요."

일명의 낭랑한 웃음소리가 들려왔다.

그렇다고 설 생각 따위는 꿈에도 없는 듯 삽시간에 일명의 신형은 어둠 속에 파묻히고 말았다.

정말 한순간이었다.

일명이 이처럼 다짜고짜 뒤도 돌아보지 않고 도주할 줄은 몰랐던 대우는 뒤통수를 맞은 표정이 되어 일순, 입을 벌렸다가 발을 구르며 호통 쳤다.

"뭣들 하느냐? 얼른 쫓지 않고!"

말과 함께 그의 신형은 이미 그 자리를 떠난 다음.

분분히 나한들의 신형이 그 뒤를 따랐다. 예전처럼 십팔나한이 총출동한 것은 아니지만 나한당의 고수들이니 그 신위는 그리 만만히 볼 것이 아니었다.

눈이 휘둥그레져 그 광경을 보고 있던 관조는 부리나케 그 자리를 떠났다.

쌩쌩—

귓전으로 세찬 바람이 스쳐 간다.

뒤에서 은은히 꾸짖는 소리가 들려왔지만 서려면 처음부터 도망치지를 않았을 것이니 쓸데없이 기운을 빼는 일일 뿐이다. 광승이나 쫓아오면 몰라도, 일명이 알기로는 소림사에서 경공으로 자신을 잡을 수 있는 사람은 찾기 어려우니 힐끔힐끔 뒤를 돌아보면서 자못 여유롭기까지 했다.

'젠장! 대충 쫓아오다 말지, 정말 죽어라고 쫓아오네? 그노무 군주 계집애를 다시 찾아가서 요절을 내놔야 할라나?'

일명이 혀를 찼다.

하지만 생각보다 결코 쉽지 않았다.

소림사의 중이니 세상 물정에 어둡고 어리버리할 것 같지만 실제로는 전혀 그렇지 않았다. 가끔 세상에 나와야 하는 나한들이라 이런 경우의 행동 요령을 잘 알고 있는 것이다. 해서 직선으로 일명을 쫓는 것이 아니라 학이 날개를 펴듯 그물처럼 펴져 쫓고 있어 느긋하던 일명은 하마터면 잡힐 뻔하기까지 했다.

따라잡힌다고 해서 잡히거나 곤란을 겪을 일명은 이미 아니었다.

하지만 정작 그들과 싸우자니 보통 난감한가?

개봉성을 벗어나서야 비로소 그들의 추격에서 벗어날 수가 있었다.

"헥헥, 젠장! 끈질기기도 하네. 대충 쫓다가 말지, 뭐 먹을 게 있다구 그렇게 죽을 둥 살 둥 쫓아오나? 쫓아오길……."

숨을 고르던 일명은 여기가 어딘지 대충 가늠하기 위해서 주위를 돌아보려다 갑자기 안색이 달라졌다.

스팟!

그가 있던 자리를 희끗한 빛이 쓸고 지나갔다.

그러나 그 순간에 일명의 모습은 이미 그 자리에 보이지 않았다.

슛!

일명이 피했음 직한 자리, 그곳으로도 다른 쪽에서 섬광이 번뜩였지만 달라진 것은 아무것도 없었다.

"엇?"

나직한 중얼거림과 함께 두 사람의 흑의인들이 나타났다.

복면을 쓴 자들.

그들의 눈에 깃든 것은 침잠한 빛이지만 냉정하기 이를 데 없다. 그 자들의 손에 들린 것은 기형의 검. 보통의 검보다는 짧은 편인데 가늘고 날카롭다. 칙칙한 빛을 뿌리는 검을 쥔 그들은 주위를 사납게 쓸어보면서 중얼거렸다.

"분명히 누군가가 있었는데……."

"있긴 누가 있어? 있었으면 시체라도 있었어야지."

"누군가가 계속 우리 뒤를 따른 것 같았는데, 괴이한……."

처음 말을 했던 복면인이 말끝을 흐렸다.

"쓸데없는 소리 말고 어서 가. 뒤처지면 안 된다."

흑의복면인 하나가 몸을 날려 숲 속으로 사라져 갔다.

다른 하나는 괴이한 듯 고개를 갸웃거리더니 그 뒤를 따랐다.

그 모습을 일명은 눈살을 찌푸린 채로 바라보고 있었다.

아슬아슬하게 습격을 피했던 일명은 고개를 갸웃거렸다.

"뭐 하는 자들이지?"

하마터면 죽을 뻔했다.

그만큼 그들의 검은 날카로웠다.

평범한 자들이 아니라는 이야기, 하긴 이 밤에 복면을 하고 있는 자들이 평범할 리가 있을까. 만에 하나라도 일명이 적의 기척을 미리 느끼는 능력이 없었더라면 어찌 되었을는지 몰랐다.

어떤 놈들이 앞서 가는 느낌은 있었지만 쫓기다 보니 굳이 그걸 생각하지도 않았었다. 소림 나한들이 앞서 갈 리가 없었던 것이다. 그런 와중에 앞에 숲이 나타나는 것을 보자 저기에 숨기만 하면, 이라고 간단하게 생각했지 설마 그들이 그 숲에 있고 그 뒤를 따라가는 형국이 되었을 것으로는 생각하지 못했었다.

"빚지고는 못 살지! 뭘 하는 놈들인지는 몰라도 후회하게 만들어주마."

일명은 어둠 속에서 씩, 웃더니 소리없이 그자들의 뒤를 따르기 시작했다.

第七章

천금수왕 나타나다

첫째 마당

황하가 혼탁한 누런 물길을 꿈틀거리며 흘러가는 가운데, 숲을 등지고서 커다란 장원(莊院) 하나가 자리했다.

이런 곳에 있는 장원은 담장을 둘레둘레 두르고서 그 속에 커다란 전각군이 가득한 그런 곳이 아니다.

거의 모두가 지방 호족(豪族)들이 소작과 자신의 땅을 가지고 만들어진 곳이라 그 범위를 계속 넓혀간 흔적이 대부분이었다. 그 형상은 작은 성과도 같이 목책(木柵)이 있기도 하고 초소가 서 있는 가운데 그 깊숙한 곳에 그 주인이 자리하고 있는 것이 일반적이다.

물론 이곳도 그런 모습이었지만 말만 장원이지, 실제의 모습은 커다란 농원(農園)이라 해야 옳을 형태였다. 이층, 삼층의 누각들이 즐비한 그런 고루대각(高樓大閣)이 아니라 좀 큰 농가들이 모인 모습이고 그중 하나만이 이층이라 평범하기 그지없었다.

황룡장(黃龍莊)이라 이름 붙은 이 장원의 중심은 바로 그 이층 누각.

대황초가 대낮처럼 밝혀진 가운데 누각에는 두 사람이 탁자에 마주하고 있었다.

조금 마른 듯 보이지만 덩치는 작지 않은 반백의 노인.

그의 앞에는 특이한 주판(珠板) 하나가 놓여 있다. 보통 주판이란 셈을 하기 위한 물건이라 나무와 짐승의 뿔로 만들어지는 것이 일반적이다. 그런데 이 주판은 일반 주판과는 달리 무엇인지 모를 검은빛 몸체에 주판알이 촛불에 휘황하게 빛을 뿌려 진귀하기 이를 데 없게 보였다.

반백의 노인은 기다란 손가락을 움직여 습관적으로 주판알을 만지작거리면서 눈앞의 사람을 바라보고 있는 중이었다.

"일이 이 모양이 되었는데도 자신이 만만하시오?"

눈앞의 사람이 그 노인을 힐책했다.

싸늘한 빛이 노인의 눈에서 일었다. 그러자 갑자기 방 안이 늦가을이라도 된 듯 서늘해졌다.

"노부가 하수인이라도 된 듯하시오?"

노인이 피식, 웃으며 그를 보았다.

웃음이 보이는 얼굴이나 그 눈은 전혀 웃지 않았다. 마치 얼음 굴에 자리한 독사의 눈을 보는 듯 소름이 오싹 끼쳤다.

눈앞에 있는 사람은 복면을 한 야행복을 입은 자였다. 당당한 체구에 복면 속 눈빛은 횃불처럼 강렬해 보였다. 그는 노인의 기세에 조금도 주눅 들지 않고 태연히 그를 바라보며 천천히 몸을 젖혀 의자에 기대었다.

할 말이 있으면 해보라는 태도.

그리고 이어지는 말.

"천하는 황상의 지배하에 있소. 천금수왕(千金手王)의 이름이 아무리 높다 한들, 그 기반이 세상에 있는 한은 황상에게서 자유로울 수가 없을 거요. 역적이 된다면 천금수왕의 기반은 하루아침에 물거품이 될 테니…… 그럴 필요가 있겠소?"

그 모습을 바라보고 있던 천금수왕은 미미하게 얼굴을 찡그렸다.

"대내(大內)의 사람들이 상대하기 어렵다더니…… 걱정하실 필요는 없소. 엉뚱한 놈이 끼어드는 바람에 잠시 차질이 빚어졌을 뿐이오. 이미 아이들을 파견해 처리를 시켰으니까. 송왕의 일도 걱정할 필요 없소. 노부가 직접 왔으니……."

"언제까지 가능하겠소?"

복면인이 바로 따져 물었다.

추호의 여지도 없는 다그침.

눈썹을 꿈틀했던 천금수왕은 암암리에 혀를 차면서 입을 열었다.

"보름 이내. 빠르면 일주일 정도면 가능할 거요. 송왕의 기반이 튼튼한 것은 사실이지만 이미 손을 써둔 부분들은 드러나지 않았소. 노부가 직접 움직인 이상, 일주일 이상을 버티는 것은 불가능하지! 그 멍청한 변가 놈을 전면에 세운 것이 실책이오."

"하하…… 그 변가의 전장이 적임이라고 추천한 것이 누구인지 잊지 마시길! 보름은 기니 늦어도 일주일, 더 이상은 불가능하오. 황상께서는 일이 하루속히 끝나기를 바라고 계시오."

"각박하군……."

노인은 중얼거렸다.

그러나 별다른 이의를 달지 않는 것이 그 정도는 충분히 가능하다는 태도로 보였다.

"본관이 개봉을 떠나기 전에 결과를 보고 갈 수 있기를……."

그때였다.

갑자기 은은한 호각 소리가 들리더니 밖에서 싸움 소리가 들려왔다.

비명과 도검이 부딪는 소리가 조용하던 어둠을 한 번에 깨뜨리면서 터져 나왔다.

"손님이 오신 모양이군……."

복면인이 미간을 찡그리며 바깥을 보았다.

"이놈들이 경비를 어찌하길래……."

천금수왕이 인상을 썼다.

그의 신분으로 누구에게 핍박을 당한다는 것은 있을 수 없는 일이었다. 이 애송이에게 끌려가는 것도 화가 나는데 누구도 알지 못해야 할 자신의 거처에 침입하는 자라니?

체면이 말이 아니었다.

"무슨 일이냐?"

차가운 그의 말에 바깥에서 즉각 답이 들려왔다.

"일단의 무리들이 매복을 뚫고 장원 안으로 들어왔습니다. 만만치 않은 실력인 듯한데 누군지는 바로 알기 어렵습니다."

"모두 죽여라."

노인은 한마디로 잘라 말했다.

"먼저 가보겠소."

복면인이 일어났다.

"그렇게 하시오. 굳이 배웅하지는 않겠소."

노인이 주판을 들고서 일어났다.

복면인은 그에게 고개를 끄덕여 보이고는 정문이 아닌 측문으로 대청을 빠져나갔다.

"대체 어떤 놈들이 감히 여기에……!"

노인은 이를 갈다 말아야 했다.

창!

쨍그렁, 째앵…….

"어떤 놈이냐?"

측문 밖에서 느닷없이 격렬한 드잡이 소리가 들려왔던 것이다.

저곳은 방금 복면인이 빠져나간 곳.

설마하니 그곳에도 적이 있단 말인가?

있을 수 없는 일에 미간을 찡그린 노인은 슬쩍 앞으로 한 걸음을 내딛는 순간에 바람처럼 그 자리에서 사라졌다.

측문의 바깥은 대청의 후원이었다.

거창한 저택의 후원이 아니라 농원의 뒤뜰과 같은 느낌의 후원. 듬성한 과수(果樹)들과 키 작은 관목들이 늘어선 그 후원의 한가운데에는 한 사람의 흑의복면인이 손에 검 한 자루를 들고 있었다.

빗겨 든 검은 달빛을 받아 서릿발 같은 검기를 뿜어내고, 그 검은 방금 대청을 빠져나간 복면인을 사납게 가로막은 참이었다.

…….

대청을 나간 복면인은 굳은 표정으로 앞을 막은 호리한 체격의 흑의복면인을 바라보고 있는 중이었다.

"누구길래 감히 노부의 거처에 침입을 한 것이냐?"

상황을 한 번 훑어본 천금수왕이 냉엄한 어조로 꾸짖었다.

"천금수왕……."

흑의복면인은 슬쩍, 그를 바라보더니 중얼거렸다.

"나이 서른에 휘주상단을 손아귀에 넣고 상계(商界)의 전설이 된 자. 지금에 이르러서는 중원 삼대상단 가운데 하나인 금상(金商)의 주인이며, 백존회의 십대천좌를 넘보고 있는 야심가……?"

묘하게 말꼬리를 올리는 흑의복면인의 말에 천금수왕 옥도패(玉賭牌)는 안색이 달라져 그를 보았다.

그가 여기에 있음을 아는 사람은 전무했다.

하기야 그가 여기 당도한 것은 불과 두 시진 전이다.

그것도 여기 올 것을 아는 사람은 눈앞에 있는 복면인 하나뿐이라고 해도 과언이 아니었다.

그런데 어떻게 그것을 알고?

"네놈은 누구냐?"

천금수왕 옥도패는 굳은 얼굴로 입을 열어 물었다. 순간, 사나운 기세가 일어 무섭게 흑의복면인을 핍박해 들어갔다.

한데 흑의복면인은 아랑곳없이 오히려 코웃음을 치는 것이 아닌가.

차가운 눈빛으로 그를 노려보면서 하는 말.

"천금수왕 정도로 내 이름을 알 자격이 있을까?"

천금수왕 옥도패.

그가 언제 이런 말을 들어보았으랴.

조정의 대신들도 천금수왕 옥도패의 앞에서는 큰소리를 치지 못한다. 그의 돈 앞에서 자유로울 수가 없었던 것이다. 그것은 백존회에서도 마찬가지라 할 수 있었다. 힘이 우위인 백존회이니, 비록 십대천좌에 들지는 못했지만 그의 이름은 누구도 무시하지 못했다.

바로 그의 금력(金力) 때문이다.

게다가 대외적으로 상인으로 알려진 그가 백존회에 들어 있는 것 자체가 세상에는 알려져 있지 않은 상태였다. 그런 그의 정체를 속속들이 알고 있다니? 누구라도 흑의복면인이 평범하지 않음을 알 수 있을 터였다.

"건방지인……!"

그가 발을 구르자 한 가닥 무서운 기세가 흑의복면인을 엄습(掩襲)했다. 형체도 없는 무형의 일격이 흑의복면인을 무찔러 간 것이다. 평범한 사람이라면 영문도 모르고 쓰러질 공격이었다.

스팟!

하지만 흑의복면인이 검을 비스듬히 뿌리는 순간에 서릿발 같은 검광이 치솟는가 싶더니 사나운 음향이 팡팡! 그의 앞에서 폭죽처럼 터져 나왔다. 쏟아진 살기가 검기에 흩어지면서 세찬 바람이 일대를 휩쓸었다.

"제법이군?"

하지만 천금수왕은 뜻밖이란 듯 코웃음을 치더니 눈에서 살기를 드러냈다.

처르르르…….

손에 들린 주판이 살기를 머금고 흔들렸다.

그의 손에 들린 주판은 계산만 하는 것이 아니었다. 그의 성명절기인 천뢰산반사십팔식(天籟算盤四十八式)은 바로 그의 손에 들린 주판으로 하는 것이기에.

문답불용(問答不用).

적이 나타난 이상, 말로 할 일은 아니라는 의미였다.

순간, 그의 뒤로 희미한 그림자 다섯의 모습이 드러났다.

금왕오위(金王五衛).

천금수왕의 주변을 떠나지 않는다는 그들은 나타남과 동시에 흑의 복면인을 향해 덮치고 있었다.

둘째 마당

"저건!?"

일명은 어둠 속에는 눈을 크게 부릅떴다.

누군지 모를 자들의 뒤를 따라 이곳까지 이르렀다.

어딘지는 모르지만 제법 큰 장원. 그가 접근한 것은 앞쪽이 아니라 뒤쪽이었으니까 이곳의 이름이 황룡장임도 알지 못했다.

하지만 검은 그림자들의 뒤를 따라 장원에 이른 일명은 그들이 사납게 장원을 공격하기 시작함을 보게 되었다.

감히 나를 건드리다니……

라고 하여 그들의 뒤를 따랐던 일명은 한밤에 벌어진 사나운 드잡이질을 보면서 난감해지고 말았다. 싸우고 있는 자들의 뒤통수를 치면서 당해봐라! 하기도 웃기는 일이 아닌가.

해서 나뭇등걸에 기대 편안히 싸움 구경을 하려던 일명은 문득 기이한 느낌에 후원 깊숙한 곳을 보게 되었다. 유일하게 이층으로 된 전각이 있는 곳.

마치 무엇에 끌리듯 그리 간 일명은 흑의복면인을 본 순간에 자신의 눈을 의심해야 했다.

"뭐야? 어떻게 여기 있는 거지?"

놀란 그에게서 부지중에 신음 같은 중얼거림이 흘러나왔다.

쨍!

쨍그렁…….

사나운 음향이 잇달아 일어났다.

흑의복면인은 금왕오위가 달려듦에도 전혀 위축되지 않고 검을 뒤집더니 강맹한 검기를 뿌려냈다. 달빛을 받은 검이 풍차처럼 빙글빙글 돌아 수십, 수백 자루가 된 듯 검막(劍幕)을 쳐 적을 막아내는 것이다. 뿐만 아니라 검기가 줄기줄기 쏟아져 마치 살아 있는 듯 금왕오위의 공격을 뚫고 그들 중 하나의 가슴을 무찔러 가고 있었다. 그 속도는 마치 기다리고나 있었다는 듯이 신속하기 이를 데가 없었다.

가히 질풍(疾風)!

반월형으로 흑의복면인을 공격했던 금왕오위의 나머지 좌우 넷은 허탕을 친 셈이고, 정면으로 공격하던 자는 홀로 그 공격을 막아내야만 했다.

"절고(絶高)한 검식이군!"

천금수왕 옥도패마저 놀라 중얼거렸다.

쨍!

금왕오위의 앞선 일위(一衛)가 가슴에서 피를 뿌리며 황급히 물러났다.

좌우에서 나머지 네 사람이 학익진이라도 편 듯 급격히 좁혀 들어오지 않았다면 그는 횡액을 면하지 못했을 터였다.

하지만 흑의복면인은 그를 보내줄 마음이 전혀 없었다.

신형을 비틀어 검으로 좌우를 기격(奇擊)하고는 누가 밀어내듯이 쏜살처럼 여전히 그를 공격해 가고 있었던 것이다.

금왕일위의 눈에 공포의 빛이 떠올랐다.

이런 변화는 상상치 못했으며, 흑의복면인의 무공이 이처럼 기고(奇高)할 줄은 전혀 몰랐기 때문이다. 게다가 그 순간에 흑의인 몇이 다시금 바람처럼 날아들어 나머지 금왕사위를 막아내지 않는가!

졸지에 고립무원!

쩡! 쩌—엉…….

격렬한 소리와 함께 불꽃이 어둠을 뚫고 튕겨 올랐다.

앞으로 덮쳐 가던 흑의복면인은 격한 부딪침에 훌쩍 허공으로 날아올랐다가 살짝 내려섰다.

"흥!"

그는 냉소를 터뜨리더니 검을 고쳐 세웠다. 왼손으로 검결(劍訣)을 짚는 순간에 서릿발 같은 검기가 어둠 속에서 검을 타고 흘러내렸다.

그의 앞에는 천금수왕 옥도패가 굳은 얼굴로 서 있었다.

위기의 순간에 그가 금왕일위를 공격하는 흑의복면인의 일검을 막아내지 않았더라면 금왕일위는 비명횡사를 면치 못했을 터였다.

그런데,

"정말 뜻밖이군. 송왕에게 운혜군주라는 여아가 하나 있다는 말을 듣긴 했지만, 이처럼 놀라운 무공을 지니고 있다니……."

그의 입에서 흘러나온 말에 막 검기를 끌어올리고 있던 흑의복면인은 놀란 빛으로 주춤, 그를 보았다.

"뭐라고?"

"청향신공(淸響神功)에 이은 은하구류검(銀河九流劍)이라…… 대내(大內)의 비전을 배웠다는 소문이더니, 정말 금궁(禁宮) 비전을 배우고 돌아온 모양이군."

"으음……."

흑의복면인은 신음을 흘리더니 천천히 한 걸음 물러났다.

"뜻밖이군. 그처럼 쉽게 나를 알아보다니……."

말은 그렇게 했지만 흑의복면인, 그녀의 눈에는 경악의 빛이 역력했다.

어찌 그렇지 않겠는가.

그녀가 사용한 무공은 황궁비전으로 아무리 강호의 경력이 높은 자라 할지라도 외인들은 알지 못했다.

황제의 허락하에서만 익힐 수 있는 무공.

그것도 정말 기연이 닿아서 가능했던 무공이었는데, 그가 단번에 그것을 짚어내니 놀라지 않을 수가 없었던 것이다. 이것은 안목과는 상관이 없는, 황궁과 관련없는 사람은 알 수 없는 극비 사항임에도 외부인인 그가 알다니…….

그 광경을 보고 있는 일명은 어이가 없었다.

'말도 안 돼……. 자러 들어갔었잖아! 그런데 어떻게 여기서 싸우고 있는 거지?'

흑의복면인을 본 순간에 그녀가 운혜군주임을 알아본 그였다.

창! 차차창…….

그녀의 좌우에서는 격한 싸움이 계속되고 있었다.

"적지 않은 인마(人馬)를 동원한 모양이로군."

천금수왕 옥도패가 미간을 찡그렸다.

"내가 누군지 알고서도 반항한다면 역모(逆謀)가 됨은 알고 있겠지?"

"허."

어이없다는 듯 천금수왕이 입을 벌렸다.

"내가 그런 위협에 넘어갈 거라고 생각한단 말인가?"

"개봉 일대는 송왕부의 관할! 일개 상인이 감히 왕부의 명을 듣지 않는다면 그것이 대역무도함이 아니고 무엇인가?"

운혜군주의 말에 천금수왕은 머리를 흔들었다.

"이런, 이런…… 설마하니 대내에 있었다면서, 노부를 알고 있다면서도 조정에 노부를 감싸줄 사람이 얼마나 되는지 알지 못한단 말인가? 그런 말로는 무고한 사람을 벌 줄 수야 없지! 그래, 무슨 죄목으로 노부를 체포하겠소?"

천금수왕의 물음에 운혜군주는 코웃음을 쳤다.

"죄목은 송왕부로 가보면 저절로 알게 되겠지. 끓지 못할까!"

운혜군주가 신형을 날렸다.

검광이 빛무리처럼 그녀의 움직임에 따라 천금수왕에게로 덮쳐 갔다.

"비무와 실전이 다른 것은 알고나 싸우려는 겐가?"

천금수왕이 피식, 웃더니 손에 든 산반을 휘둘렀다.

삐이이—익!

기이한 휘파람 소리가 산반에서 일었다.

주판알이 부딪쳐 찰랑거리는 것과는 차원이 다른 소리였고, 듣는 사람의 심령(心靈)을 때려 까마득한 절벽에서 뚝, 떨어지는 것 같았다.

"음공(音功)?"

검을 찔러내던 운혜군주 주지약의 안색이 달라졌다.

고수에게 있어 기세는 대단히 중요했다.

그런데 그 소리가 운혜군주의 기세를 꺾어버린 것이다.

주춤한 운혜군주를 향해 천금수왕의 산반이 날아들었다. 그의 천뢰산반사십팔식을 천뢰(天籟: 세상의 모든 소리)라고 이름하는 이유는 바로 이렇게 그의 산반에서 갖가지 소리가 일어나고 그것이 상대의 심신을 흩어놓는 가운데 상대를 공격하기 때문이었다.

쨍!쨍…… 쨍그렁!

잇달아 불꽃이 튀면서 운혜군주 주지약은 연신 뒤로 물러났다.

천금수왕에게 힘으로 밀리고 있는 것이다.

선기를 빼앗긴 그녀가 백전노장인 천금수왕을 상대로 선기를 회복하기는 불가능해 보였다.

호위들이 달려들려고 했지만 금왕오위가 그들을 막고 있었다. 그들은 결코 약자가 아니었다.

사방이 격렬한 싸움판이었다.

'흐흐…… 드디어 내가 나서야 할 때가 되었구만?'

그 광경을 보고 일명은 회심의 미소를 머금었다.

별로 편치 못한 밤이었는데 이런 기회가 올 줄이야!

그때 천금수왕의 뒤쪽으로 물러나 있던 복면인이 슬그머니 뒤로 물러나고 있음을 발견한 사람은 아무도 없었다.

그는 운혜군주를 힐끗 보고는 소리없이 날아올랐다.

운혜군주가 위급한 상황이라 그녀의 수하들은 그를 막지 않았다. 막을 여유가 없기도 했지만, 그의 움직임이 워낙 은밀했기 때문이다.

그가 그렇게 으슥한 그늘의 담을 넘어 사라지려는 순간이었다.

"운도 열나게 없는 놈이네. 하필이면 이리 토끼냐?"

난데없이 어둠 속에서 누군가가 주먹을 불쑥 내미는 것이 아닌가.

일명이었다.

운혜군주를 돕기 위해서 나서려던 일명이 때마침 자신이 있는 곳으로 날아드는 복면인을 보고 그냥 둘 리가 없었다. 뭔가 냄새가 나는 놈이니까, 잡아가면 이 또한 멋지지 않겠는가 말이다.

그런데.

핑— 하는 소리가 날 정도로 복면인의 신형이 허공에서 돌았다.

그렇게 순간적으로 일명의 주먹을 피하는 것과 동시에 손바닥을 세워 일명을 쳐오는데, 기세가 장난이 아니었다.

"헛! 한가락 하는 놈이었냐?"

정말 뜻밖인지라 일명은 다급히 외치며 마주 일권을 질러냈다.

복면인의 수도(手刀)는 날카로웠지만 일명의 나한권 또한 평범한 것이 아니었다.

펑!

폭음과 함께 복면인은 사납게 아래의 담장에 처박히고 말았다.

일명의 권력이 예상보다 너무 강력했던 것이다.

흙과 돌을 쌓아 만든 담장이 모래성처럼 무너져 내렸다.

"뭐 하는 놈이냐?"

복면인이 일그러진 음성으로 물었다.

놀랍게도 그는 쓰러지거나 무너진 것이 아니라 우뚝 서 있었다. 방금 전과 달리 강력한 기세를 개방한 채로.

뜻밖의 강자였지만 그의 놀람은 일명보다 훨씬 더했다.

"눈이 없냐? 보고도 몰라? 서천(西天)에서 오신 부처님이잖아?"

일명이 픽, 웃으며 대뜸 달려들었다.

놈이랑 농담 따먹기나 하고 있을 틈이 없다.

얼른 줘패서 때려눕히고 달려가야 할 판이었다.

등 뒤로 격렬한 싸움 소리와 비명이 연달아 들려오고 그 소리는 점점 더 격렬해지고 있었기 때문이다.

그러나 달려들던 일명은 손을 멈추어야 했다.

"앗!"

등 뒤에서 들려오는 다급한 외침.

그게 누구의 것인지는 생각해 볼 필요도 없었다.

"젠장! 너 진짜 운 좋은 줄 알아라. 네놈이 남자면 여기서 잠시 기다려 봐. 금방 다녀올 테니 말야."

말은 길다.

그러나 일명의 신형은 번쩍 하는 사이에 그 자리에서 사라졌다.

뭐 저런 놈이…….

복면인은 승포를 펄럭이며 운혜군주를 향해 날아가는 일명을 멀뚱히 바라보았다.

셋째 마당

장내의 상황은 급변했다.

운혜군주 주지약의 안색이 창백해졌다.

비틀거리며 물러나는 그녀의 눈앞으로 날아드는 천금수왕 옥도패의 일격을 막을 방도가 없었기 때문이다.

천금수왕 옥도패의 칠보산(七寶算)은 그 자체로 기문병기였다. 거기서 펼쳐지는 천뢰산반사십팔식 또한 기괴하기 그지없어 운혜군주로서는 상대하기가 어려운 판이었다.

그런데 난데없이 불쑥 칠보산의 뒤에서 느닷없이 왼손에서 전개된 일수(一手)는 그녀를 일패도지(一敗塗地)케 하고 말았다. 세상에 금왕수(金王手)라고 알려진 그 일수는, 그의 외호에 왜 수왕(手王)이라는 이름이 붙어 있는지를 말해주고 남음이 있었다.

충격을 받고 잇달아 십여 걸음이나 밀려나는 그녀에게로 다시금 날아드는 금왕수의 일격에는 대항할 방법이 생각나지 않았다.

백존회의 백존이란 이름은 결코 쉬운 것이 아님을 그녀는 이제서야 절감하게 되었다.

금왕오위가 주변을 막고 있어 그녀의 호위들도 당장은 그녀를 구할 방도가 없었다.

할 수 있다 할지라도 상황의 변화가 너무 급박했다.

쓰읏—!

그런데 그 순간 날아든 구원의 손길.

섬뜩한 기운이 소리도 없이 천금수왕의 뒤에서 날아들었다.

결코 무시할 수 없는 기세인 데다 무섭게 빨랐다.

천금수왕의 안색이 달라졌다.

그를 놀라게 한 것은 그가 그것을 미리 느끼지 못했다는 점이었다. 천금수왕과 같은 고수가 상대가 공격을 개시한 다음에서야 기척을 느꼈다는 것은 적이 그만큼 고수라는 의미이기에.

쩌정!

강력한 불꽃이 일었다.

천금수왕은 오른손의 칠보산을 휘둘러 뒤에서 날아든 검의 공격을 막아냈다. 하지만 그런 가운데에서도 그의 금왕수 일격은 여전히 운혜군주를 공격하고 있었다. 무리를 해서라도, 어떤 대가를 치르고서라도 반드시 운혜군주를 제압하려는 것이다.

"앗!"

운혜군주의 손에서 검이 튕겨지고, 입에서 핏물이 튀어나왔다.

강력한 경력에 내부가 뒤흔들려 버린 것.

그런 그녀의 눈앞으로 천금수왕의 금왕수는 무서운 기세로 숨 쉴 틈도 없이 들이닥치고 있었다.

절대절명(絶對絶命)!

"비켜!"

천금수왕의 뒤에서 다급한 외침이 터져 나왔다.

흑영 하나가 천금수왕에게로 달려오고자 검을 휘두르고 있었다.

방금 천금수왕을 습격했던 자, 송왕 주대진의 명을 받고 운혜군주의 뒤를 따랐던 그였다. 숨어서 보고 있던 그는 운혜군주의 위기 상황에 달려나와 그녀를 순간적으로 구했지만 천금수왕의 무공은 생각보다 훨씬 강했다. 그런데 금왕오위가 그 앞을 가로막으니 급할 수밖에.

바로 그 순간이었다.

"아미타불……."

장중한 불호 일성.

그리곤 강력한 경력이 날아들어 금왕수와 맞닥뜨렸다.

펑!

'욱?'

강력한 반탄지력에 천금수왕은 어깨를 부르르 떨고는 놀란 눈으로 앞을 바라보았다.

새파랗게 어린 중놈이 그 앞에서 웃고 있는 것이 보였다.

그는 천금수왕과 눈이 마주치자 한 손을 들어 예를 취하며 정중히 말했다.

"늙은이가 어찌 그리 흉악하신가? 쯧쯧…… 그 자리에 무릎을 꿇어 회개한다면 어찌 도도(屠刀)를 버리고 불성(佛性)을 보았다 하지 않을쏜가? 나무아미타불 나무관세음보살…… 선재(善哉), 선재(善哉)라!"

신색은 근엄, 장엄하다.

하지만 그 말을 듣는 천금수왕의 얼굴은 개판이 되고 말았다.

말투야 그럴듯하지만 자신을 놀리는 것에 다름이 아님을 그가 누구인데 알아듣지 못할 것인가.

게다가.

"조금 늦었군요, 다친 곳은?"

그의 대답은 기다리지도 않고 뒤의 운혜군주에게 태연히 묻는 모습은 아예 자신을 안중에도 두지 않고 있는 듯하니 아무리 냉정한 천금수왕이라도 치미는 화를 참지 못해 얼굴이 붉어지지 않을 수가 없는 일이었다.

기분이야 다르지만 운혜군주도 놀라기는 마찬가지였다.

여기에 일명이 나타날 것은 꿈에도 생각하지 못했기에.

"괘, 괜찮…… 위험!"

그녀는 말을 맺지 못하고 소리쳤다.

화가 난 천금수왕이 일명에게 달려들고 있었던 것이다.

형용하기 어려운, 귀청을 울리는 기향(奇響)이 심금을 떨어 울렸다. 칠보산이 눈부신 광휘를 뿌리며 날아들고 있었다.

"참을성도 없네. 중이 삼보(三寶)의 하나라는 것도 모르나? 중을 죽이면 십팔층지옥에서 아귀가 되어 헤매게 될 것을 설마 그 나이에 모른단……."

그 다급한 상황에서도 입은 쉬지를 않는다.

천금수왕은 결코 쉽게 볼 수 있는 사람이 아니었고, 일명의 하수도 아니었다. 그런 사람에게 등을 보였으니 간이 배 밖으로 나오지 않았다면, 일명이 아니라면 누구도 쉽게 하기 어려운 일이었다.

쾅!

콰콰쾅!!

칠보산에 이어 금왕수까지 전개되면서 격렬한 충돌이 이어졌다.

도끼로 나무를 패듯이 그렇게 강력한 공격은 힘으로써 일명을 찍어 누르겠다는 것이지만 놀랍게도 일명은 그 공격을 조금도 물러서지 않고 다 받아냈다.

비록 쿵쿵거리면서 서너 걸음 물러나긴 했지만.

"나한권, 금강장…… 소림사에서 온 건가?"

무거운 눈빛으로 일명을 보면서 천금수왕이 물었다.

나이를 감안한다면 아무리 생각해도 믿기 어려운 일이 눈앞에서 벌어졌기 때문이다.

"나이답지 않게 치사하군! 뒤에서 치다니!"

말과 함께 일명은 퍽, 땅바닥을 찼다.

순간 화살을 쏘아낸 듯이 땅바닥의 흙먼지들이 튕겨 일어나면서 천금수왕을 덮쳐 갔다. 흙먼지가 안개처럼 일었다.

"이런!"

어이없는 탄성, 정도문파에 속한 사람이라면 이런 일을 하지 않는 걸 잘 아는 그였기에 어이가 없었던 것이다.

하지만 그 정도에 당황할 천금수왕이 아니었다.

손을 쳐들자 맹렬한 경풍이 일면서 흙먼지들이 흩어졌다.

그런데 그 순간, 불쑥! 눈앞으로 일명의 주먹이 그 속에서 튀어나오는 것이 아닌가.

맹렬한 기세가 느껴졌다.

그의 금왕수는 강호일절(江湖一絶)!

그걸 피할 천금수왕이 아니다.

금빛을 뿌리는 금왕수가 빙글 돌면서 일명의 일권을 쳐내렸다. 마주치는 것이 아니라 손목을 끊어오는 것이다. 손이 닿은 것이 아님에도 칼로 맨살을 잘라내는 섬뜩한 예기가 느껴졌다.

일명이 지금까지 상대한 누구보다 강했다.

쾅!

폭음 일성.

"윽!"

일명은 창백한 얼굴이 되어 격렬히 어깨를 떨었다.

심한 충격을 이기지 못하고 이를 악문 채로 잇달아 두어 걸음이나 물러나야 했다.

하지만 그게 다가 아니었다.

눈앞으로 다시 날아들고 있는 금빛의 일수.

일명은 다급히 두 손을 들어 눈앞에서 교차했다.

마치 가슴에다 두 손으로 빗장을 지르는 것 같았다.

펑!

폭음이 다시 터져 나왔다.

쿵, 쿵쿵…….

일명은 술 취한 것처럼 휘청거리면서 잇달아 물러났다.

뒤에 있던 운혜군주가 부축하지 않았다면 뒤로 넘어지고 말았으리라.

그것이 끝일 리가 없었다.

"금강산(金剛閂)! 정말 소림사에서 왔구나?"

냉소가 천금수왕에게서 흘러나왔다.

금강산이란 두 손으로 깍지를 껴 적의 공격을 막는 소림 칠십이종

절기 중 하나다. 세상에 잘 알려져 있지 않지만 아무리 강력한 공격도 막아낼 수 있다는 절예(絶藝).

하지만 그의 말보다 손은 더욱 빨랐다.

가공할 일격은 이미 일명을 치고 있었던 것이다.

"위험……!"

운혜군주가 이를 악물며 검을 들어 그를 도우려 했다.

그때 일명이 갑자기 크게 웃었다.

"바보야! 넌 함정에 빠진 거야!"

동시에 일명은 양손을 마치 부챗살처럼 크게 내저었다.

콰쾅!

고막을 날려 버릴 것 같은 폭음.

"크헉!"

답답한 신음과 함께 천금수왕 옥도패가 상체를 휘청하더니, 뒤로 물러났다.

처음으로 물러난 것이다.

반면에 일명은 언제 밀렸나? 항의라도 하듯 쿵, 한 발을 굴러 기세를 돋우는가 싶더니 이내 앞으로 달려들면서 한 주먹을 다시금 내질러냈다. 그 속도는 놀라울 정도라서 천금수왕 옥도패가 뒤로 물러나 채 자세도 바로잡기 전에 그 눈앞으로 일명의 일권은 날아들고 있을 정도였다.

강력한 기세가 폭풍처럼 일고 있었다.

'이럴 수가!'

경악이 폭죽처럼 천금수왕 옥도패의 눈에서 피어났다.

쾅!

다시금 폭음이 터져 나왔다.

"크윽!"

일성 비명이 터짐을 보면서 운혜군주의 눈이 커졌다.

놀랍게도 일명의 일격에 천금수왕 옥도패가 튕기듯이 뒤로 나가떨어지고 말았던 것이다. 훌쩍 날았다 떨어진 그는 경악으로 두 눈을 부릅뜬 채로 일명을 바라보는 듯했다.

"게 서라!"

일명이 땅을 박차고 날아오르는 것을 본 그의 얼굴이 일그러졌다.

대체 뭐 저런 괴물이 있나 하는 표정.

어찌 그렇지 않겠는가.

그것이야말로 제석참마공으로 펼쳐진 참마팔법 중 나한파천마였으니 처음 그것에 당해본 그로서는 경악할 수밖에 없는 일이었다.

펑!

순간적으로 그의 앞에서 먹빛 연막이 폭발하듯 일었다.

"모두 물러나라!"

외침 일성에 장내를 메운 채 싸우던 천금수왕의 수하들이 썰물처럼 빠져나가기 시작했다.

"그가 도망치려고 해!"

운혜군주가 검을 세운 채로 다급히 몸을 날렸다.

아니, 날리려 했다.

일명이 그의 옆을 지나가려는 운혜군주의 소매를 잡았기 때문이다.

"그를 놓치면 안 돼!"

"……."

일명은 그녀에게 말없이 머리를 저었다.

"왜 그래? 그를 놓치면……!"

순간, 일명의 얼굴이 하얗게 질리면서 입에서 한 모금의 핏물이 튀어나왔다.

"왁!"

"비룡아!"

운혜군주가 놀라 그를 부축했다.

"괘, 괜찮아요."

일명은 손등으로 핏물을 닦아내면서 그녀를 향해 씨익, 웃어 보였다.

얼굴이 백지장처럼 창백했다.

"어떻게 된 거야? 그를 마구 몰아세우더니……."

"생각보다 그자가 좀 강하네요. 지금은……."

일명이 말을 하다 말고 그 자리에 털썩 주저앉았다.

"비룡아!"

놀란 운혜군주가 황급히 그의 팔을 잡아 부축했다.

일명은 그녀의 부축에 머리를 흔들었다.

"그만두세요. 피 묻어요."

"피가 문제야? 넌 목숨을 걸고 날 구했는데……."

그 말을 하면서 운혜군주는 일명이 자신을 위해서 무리를 했음을 깨달았다.

하긴 그가 오죽 강하던가.

기연을 얻은 그녀마저 쩔쩔매야 했고, 도움이 없었더라면 아마 이 자리에서 피를 흘릴 사람은 일명이 아니라 그녀였으리라.

문득 그녀는 눈을 들어 자신의 앞에 선 흑영을 보았다.

"돌아가시지요."

온몸을 온통 검은 옷으로 감싼 흑영이 말했다.

지금 상황에서도 그의 눈과 음성은 무표정했다.

"……."

그에게서 시선을 돌려 가슴을 움켜잡은 일명의 창백한 얼굴을 본 그녀는 길게 한숨을 내쉬었다.

"그렇게 하지."

'그놈은 어떻게 되었을까?'

일명은 그 상황에서도 좀 전 싸우다 온 복면인이 원래 있던 자리를 곁눈질했다.

당연히 있을 리가 없다.

'그러고 보니 어디선가 본 거 같은 느낌이었는데…….'

일명은 생각에 잠긴 표정으로 복면인이 사라진 어둠 속을 노려보았다. 괴이하게도 그다지 크게 다친 것 같아 보이지 않는 모습이었다.

第八章
청천벽력(青天霹靂)!

첫째 마당

멀뚱멀뚱…….

일명은 희미하게 일렁이는 천장 어둠을 바라보고 있었다.

"괜히 누워버렸나?"

침상에 누운 채로 일명은 눈을 끔벅거렸다.

누가 들으면 어이없을 소리지만 실제로 그랬다.

일명이 천금수왕과의 격돌에서 타격을 받은 것은 사실이다. 하지만 지금처럼 피를 토하면서 쓰러질 정도는 아니었다.

짜잔, 멋지게 나타나서 그녀를 구하는 부분까지는 좋았는데, 천금수왕의 무공 수준은 암혼도와는 또 달랐다. 무공이 절정에 이르면 단순히 한두 수의 차이가 아니라, 말 그대로 천양지차(天壤之差)가 되는 것이다.

일순 화나고 분노해서 달려들려던 그는 문득 생각이 달라졌다.

어차피 놈은 도망가는 판이니, 여기서 뻗으면 과연 그녀가 어떤 반응을 보일까? 라는 생각이 들어서 그냥 쓰러져 버리고 말았던 것이다.

운혜군주가 들었다면 어이없는 일이겠지만 실제로 그랬다.

그렇게 해서 일명은 반쯤 비몽사몽으로 송왕부로 돌아왔다.

일명은 예전처럼 운혜군주가 돌봐줄 걸로 착각을 크게 했지만, 그때와는 달리 그녀는 이미 장성한 처녀, 그것도 군주마마였다. 아무리 일명이 일반 남자가 아닌 중이라고 할지라도 직접 돌볼 수 있을 리가 없다.

그녀는 오늘 일에 대한 보고를 아버지인 송왕에게 하기 위해서 갔고, 일명은 대황초가 흘려내는 불빛을 받으며 홀로 침상에 누워 있는 중이었다.

멀뚱멀뚱 눈알만 굴린 채로.

그리고 그것은 해가 떠오르고 다시 해가 으스름하게 지는 저녁때까지 정말 지루하게 이어졌다.

열어둔 창문으로 저녁놀이 아름다워질 때까지.

'정말로 해도 해도 너무하네!'

일명은 참지 못하고 벌떡 일어났다.

내상을 입긴 했지만 대단한 것은 아니라서 그간의 운기조식으로 거의 다스려진 상황이었다.

그렇게 되도록 운혜군주는 코빼기도 보이지 않았다.

설사 바쁜 일이 있더라도 이렇게 처박아두고 하루가 지나도록 거들떠보지도 않다니, 너무하지 않나!

참다못한 일명은 툴툴거리며 밖으로 나왔다.

그가 있던 곳은 작은 사합원.

방 밖은 대청이고 밖으로는 운치있는 작은 정원 하나가 있다. 아마도 손님을 접대하는 별원(別院)인 것 같았다.

"어딜 가시려구요?"

일명이 밖으로 나오자 그를 돌보던 시녀가 황급히 나섰다.

"군주마마께 전해주게. 폐가 많았다고."

"가, 가시게요? 제가 잘못 모신 점이라도?"

일명의 말에 시녀가 놀라 물었다. 스물이 안 된 듯 보이는 시녀의 예쁜 얼굴에는 당황한 기색이 역력했다.

"아니, 그냥 심심해서 간다고 그렇게 전해주면 되네."

뚱한 일명의 말에 시녀가 황당한 표정으로 머리를 저었다.

"심심? 치료를 하셔야 한다고 혼자 계셔야 한다고 말씀하셨었는데……."

"치료는 무슨……."

일명은 알았다는 듯 손을 저으며 문을 나섰다.

하지만 거기까지였다.

'이런!'

일명의 얼굴에 낭패의 기색이 스쳤다.

공교롭게도 운혜군주가 날듯이 바쁜 걸음으로 일명이 있는 정원으로 들어오고 있었던 것이다.

"어딜…… 가려고?"

일명과 눈이 마주친 운혜군주가 물었다.

"그냥 답답해서 잠시 바람이나 쐴까 하고…… 요."

당황한 일명은 어색한 얼굴로 말을 얼버무렸다.

뻔히 보이는 모습인지라 운혜군주는 피식, 웃으며 말했다.
"미안해. 종일 와보지도 못해서…… 몸은 좀 어때?"
"뭐 그까짓 걸……."
"그까짓 게 아니야. 천금수왕의 독문기공은 뼛골을 상하게 한다고 하던데…… 자, 이거 들어."
그녀가 뒤따르던 시녀의 손에서 그릇을 받아 내밀었다.
옥처럼 깨끗한 흰 자기 대접에는 맑은 액체가 향기를 피워 올리고 있었다. 아직도 몽실몽실 김이 오르는 가운데 온기가 느껴졌다.
"이게…… 뭡니까?"
"천금수왕의 금왕신공(金王神功)은 금기(金氣)가 강해서 폐부를 상하게 해. 해서 화리탕(火鯉湯)을 만들었다가 일명이 스님이라 이걸 만들어 왔지. 청심수기탕(淸心洙氣湯)인데 약고의 약재를 스무 종이나 넣은 거야. 마셔봐."
"뭘 이런 걸……."
일명은 심드렁히 말하면서 속으로는 입이 째졌다.
그가 익힌 제석참마공은 몸을 상하게 하는 각종 사공(邪功)에 상극이 되는 무공이다. 천금수왕의 무공이 제아무리 지독해도 탈이 날 리가 없었다.
하지만 직접 끓여온 탕약을 사양할 그가 아니었다.
"음, 보신이라면 화리탕도 괜찮은데…… 부처님도 섭생을 위해서는 괜찮다고 하셨죠! 아미타불, 뭐, 그래도 주신 거니."
나름 모양새를 가다듬으면서 탕약을 마시면서 일명은 속으로 혀를 찼다.
'젠장! 그럴 줄 알았으면 좀 더 버틸걸.'

그걸 못 참고 촐랑거리고 나서지 않았다면, 그냥 누워 앓는 척하고 있었더라면 그녀가 들어와서 이마라도 짚어주었을 것이 아닌가. 누가 아나. 혹시 탕약을 직접 먹여주었을는지…….

'제기랄!'

생각할수록 아까웠다.

역시 촐랑거리면 되는 게 없는 법이다. 좀 더 느긋하게 있을걸.

"얼굴을 보니 정말 괜찮은 것 같으니 다행이네. 바로 오려고 했는데 갑자기 일이 생겨서 와볼 수가 없었어. 괜찮아 보이니 난 또 가봐야겠다."

"걱정스러운 일이라도 생긴 겁니까?"

운혜군주의 얼굴이 일명의 물음에 살짝 굳어졌다.

"조금."

일명을 데리고 돌아온 그녀는 부왕 송왕에게 상황을 보고하는 걸로 상황을 마무리할 수 있을 걸로 생각했었다. 어차피 쉽게 잡힐 천금수왕이 아니니 그를 쫓는 동안 쉬기도 하고 여러 가지 준비도 할 수가 있을 터였다.

그런데 그게 아니었다.

날이 밝자마자 사방에서 터지기 시작한 괴변(怪變)!

그건 괴변이라기보다는 긴급 사태였다.

각지에서 날아든 급보.

송왕부와 거래하고 있던 거래처에서 하나둘 급한 보고가 날아들기 시작했던 것이다.

그것은 변성전장이 개입했던 것과는 차원이 달랐다.

관(官)의 힘이라는 것은 기실 절대적이라 해도 좋았다.

그렇기에 송왕부의 거래라는 것은 독과점적인 것이 적지 않았고 누가 건드리기도 어려웠다.

상인이란 이(利)를 따라 움직이기 때문에 모든 부분에서 직접적인 힘을 행사할 수 있는 송왕부와 등을 질 이유가 없었고, 실제로도 송왕부와 연(緣)을 맺는 것은 누구나가 바라는 일에 다름이 아니었다.

한데 사방에서 맺었던 계약이 무너지고 있었다.

시발(始發)은 별게 아닌 듯 보였다.

표국을 통해 운송된 물건은 서역에서 들여온 제법 값나가는 물건이었다. 물물교환으로 이루어지는 이 교역은 이쪽의 비단 등을 보내고 그쪽의 보석 등의 특산품을 가져와 남기는 것이 특징이다.

그런데 표국을 통해 가져오던 물건이 증발해 버렸다.

운송하던 표행은 참혹하게 당해 모두가 죽었고 표물은 사라졌다.

표국이 책임을 져야 했다.

하지만 그 표국, 은성표국(銀星鏢局)이 송왕부에서 경영하는 계열이라는 것이 문제였다. 그로 인해서 손해는 모두 송왕부에서 떠안아야 했다. 그걸로 끝났다면 손해는 그것으로 매조지될 테니 송왕부의 재력으로 그 정도는 버틸 수가 있을 터였다.

"다른 문제라도?"

"물건을 받기로 했던 곳에서 다른 곳과 계약을 하고 이미 돈을 지불한 모양이야. 해서 물건을 주지 못하면 그 돈을 떼일 상태가 되어버렸어."

일명은 미간을 찡그렸다.

"물건을 받기도 전에 돈을 다 줬다구요?"

"우리가 필요로 해서 돈을 받았으니, 우리 신용을 믿고 그쪽도 그렇게 거래를 했던 거지."

신용(信用).

다른 곳도 아닌 송왕부의 신용이라면 상인들이 의심할 수 없다.

불경죄니 뭐니 하고 꼬투리를 잡지 않더라도 너무나 당연한 일. 송왕부의 신용은 그 이름만으로 천금의 가치가 있고도 남는다는 것이 상계의 정설이었으니까.

"대체 그 돈이 얼마나 되길래?"

"십오만 냥."

"헉?"

일명의 입이 절로 벌어졌다.

국가의 일 년 예산이 대충 사오백만 냥 하던 시절이다.

물론, 전쟁이 나거나 긴급 예산이 편성되면 천만 냥도 넘어가지만 일개 교역. 그것도 하나에 십오만 냥이라면 들어본 적도 없는 엄청난 규모의 거래였다. 제아무리 송왕부가 날고 기는 재력을 가지고 있다 할지라도 그건 대단한 거래였다.

그러니 절로 입이 벌어질밖에.

"도대체 어떤 물건이길래 그렇게나 비싼……."

"비표(秘鏢:내용을 밝히지 않는 표물)가 있었어. 특별한 물건들이었지. 문제는 그 돈으로 다시 상단이 거래를 한 거야."

"그럼 더 있다는 건가요?"

"그래. 지금 상태라면 이리저리 걸려서 서너 배가 될지도 몰라."

"그런……."

일명은 어이가 없어서 벌린 입이 다물어지지 않았다.

간단히 세 배면 오십만 냥에 가깝고 네 배면…….

꿈도 꾸지 못할 엄청난 액수. 제아무리 송왕 주대진이 부자라도 그걸 한 번에 물어줘야 하는 일이 생긴다면 허리가 휘고 타격을 감당하기 어려울 터였다. 그런 마당이니 자신을 보러 오지 않았다는 걸 가지고 뭐라고 할 수가 없을 터이다.

"더 말하긴 어렵지만 부왕께서는 혹시라도 뒤에 있을 음모를 걱정하고 계셔."

"더 있을 수도 있다는 말이로군요."

"그 돈을 일시에 물어내려면 송왕부의 재력 전체를 쏟아 부어야 해. 그런 마당에 조그마한 사고라도 터지면 감당하기 어렵게 되지."

무슨 말인지 이해가 갔다.

연쇄 폭발처럼 사건이 계속 터진 모양이었다.

그걸 막아내고 있지만 여기서 더 문제가 된다면 송왕부라도 버티기 어려울 거라는 의미인 것이다. 온전히 손해를 다 본 건 아니니 시간만 지나면 해결이 가능하겠지만 그 시간이 문제일 터이다.

"이게 그 천금수왕이란 자의 짓인가요?"

"이런 짓을 할 능력을 지녔다면 그자밖에는 없어. 어제 그자를 놓치지 말았어야 했는데……."

"그가 이런 짓을 할 걸 미리 알았던 모양이군요?"

"나타날 것이 그일 줄은 몰랐어. 그인 줄 알았더라면 더 준비를 했었을 텐데…… 그보다 정말 괜찮은 거야?"

안타깝다는 듯이 중얼거리던 운혜군주가 물었다.

"그럼요!"

일명이 걱정 말라는 듯 씩, 웃어 보였다.

"다행이네. 그럼 좀 더 쉬도록 해. 난 다시 가봐야 하거든."

"도울 일이 있으면……."

"되었어. 싸우려고 해도 상대가 어디 있는지를 알아야 싸우지. 무슨 일이 생기면 연락할게."

"거참……."

하릴없이 돌아온 일명은 맥을 놓고 침상에 걸터앉아서 이제 어두워지는 창밖을 바라보고 있다가 혀를 찼다.

이게 아니었다.

지금쯤 나가서 운혜군주를 도와서 사건을 멋지게 해결해야 할 몸이 아닌가.

그런데 여기 처박혀서 뭘 하고 있는 건가.

"애들도 걱정할 텐데……."

밤새 소식도 없이 돌아가지 않았으니…….

툴툴거리던 일명의 눈에 문득 빛이 일었다.

"그래."

하오문이다.

하오문을 찾아가서 족치면, 어쩌면 송왕부에 일어난 일을, 아니, 천금수왕의 행적을 찾아낼는지도 몰랐다. 이런 일은 뒷골목을 지배하는 자들이 오히려 더 잘 아는 법이니까.

일명은 벌떡 일어났다.

더 이상 생각할 것도 없었다.

그리곤 일명이 문이 여는 순간, 막 문을 열려던 사람이 놀란 눈으로 그를 바라보는 것이 아닌가.
그를 돌보던 시비였다.
그녀는 일명을 보자 황급히 옆으로 물러섰다.
그런 그녀의 뒤로 한 사람이 뒷짐을 지고 있음이 눈에 들어왔다.
의아한 빛이 일명의 눈에 떠오르는 순간, 시녀의 황급한 말소리가 들려왔다.
"왕야이십니다!"
그 말에 일명은 놀라 그를 바라보았다.
당당한 모습의 중년인 한 사람.
뒷짐을 진 채로 우뚝 서 일명을 바라보고 있는 그의 모습에서는 말 그대로 왕자(王者)의 모습이 느껴졌다.
거만해 보이지는 않았다.
그럼에도 감히 함부로 대하기 어려운 기품(氣稟).
시녀가 말하지 않았어도 그가 누구일지는 너무도 명백했다. 곤룡포라는 것이 서민이 감히 입을 수 있는 것이 아니니까. 그의 뒤로는 호위인 듯한 무사들의 모습이 병풍처럼 늘어서 있었다.
"네가 일명인가?"
잠시 일명을 보던 송왕 주대진이 물었다.
"왕야를 뵙습니다."
일명은 한 손을 가슴에 세운 채로 고개를 숙였다.
소림사 특유의 반장례다. 그가 자신을 찾아올 것은 생각지도 못했기에 내심 괴이하기 짝이 없는 일명이었다.
"스스로를 소림의 제자라 인정하는 건가?"
"……?"

일명은 의아한 빛으로 송왕 주대진을 바라보았다. 안색이 조금 달라졌다. 아무런 뜻도 없이 저런 소리를 할 리는 없을 것이므로.

"소림의 대우가 널 찾아 개봉을 뒤지고 있는데, 듣자 하니 그가 너의 사부라 하더군. 잠시 알아보니 적지 않은 사고를 치고 다녔던데…… 소림사뿐 아니라 관에서도 널 잡아들이기 위해서 사방으로 사람을 파견했으며, 네게 현상까지 붙어 있음을 아느냐?"

의표를 찔린 일명인지라 당황해서 뭔가 변명을 해야 했다.

하지만 일명은 맹랑하게도 오히려 미미하게 웃어 보였다.

"아미타불, 무슨 말을 듣고 싶으십니까?"

"무슨 말이라니?"

"절 데려다 놓고, 하루 종일을 그냥 보내셨지요. 운혜군주님이 좀 전에 다녀가셨는데, 다른 말씀이 없었는데 이제 왕야께서 직접 오셨으니 빈승과 같은 어린 중을 꾸중하기 위해서 오신 것이라면 오히려 이상한 일이 아니겠습니까?"

말이야 길지 않지만 그 속에 담긴 뜻은 그리 간단하지 않았다.

'이놈이?'

송왕 주대진은 일명을 다시 보게 되었다.

단순히 똑똑하다고 할 수 있는 말이 아니었다. 그 나이를 감안한다면.

"좋아, 길게 설명할 필요는 없겠구나. 네가 왕부를 벗어나면 너는 여러 사람의 표적이 될 것이다."

일명이 미간을 미미하게 찡그렸다.

"제 행적을 알리겠다는 말씀이십니까?"

"네가 범상치 않은 재주를 지녔음을 운혜에게서 들었다. 네 도움이 켰음도…… 만약 그러하지 않았더라면 본왕이 굳이 네 앞에 나타나지는 않았을 것이다."
일명의 머리가 급히 회전했다.
"그 말씀은…… 빈승이 스스로 모습을 드러내어야 한다는 뜻입니까?"
미미한 웃음이 송왕 주대진의 얼굴에 스쳤다. 그는 머리를 끄덕였다.
"그렇다. 관이 움직이고, 소림사가 널 쫓는다면…… 소요가 있겠지. 네가 잡히지 않고 얼마나 버틸지는 모르겠다만."
"얼마나 필요하십니까?"
"하루만 있으면 된다."
송왕 주대진의 대답은 결국 그러한 의미였다.
너를 이용하여 시간을 벌어보겠다. 네가 운혜에게 도움을 주었으니 네가 원하지 않는다면 이 일은 하지 않겠다. 하겠느냐? 라는.
일명의 얼굴에 미미한 웃음이 떠올랐다.
"얼마나 시끄럽게 하면 되겠습니까? 필요하시다면 몇 군데 더 소란을 일으키는 것도 가능할 겁니다."
자신이 있었다.
광승과 함께 죽어라 수련한 뛰기였고 경공이었다.
누구도 그를 잡을 수 없을 것이라는. 더구나 이곳은 그의 본거지인 개봉이 아니던가. 그까짓 거 마음만 먹는다면야 개봉을 발칵 뒤집어놓고도 남음이 있었다.
"하루면 족하다."
"맡겨두십시오. 아미타불……."

일명은 다시금 송왕 주대진에게 반장의 예를 해 보였다.

고개를 숙이는가 싶은 순간에, 그는 그 자리에서 슬쩍 어깨를 흔드는 사이에 훌쩍 담을 넘어 사라졌다.

바람과 같았다.

"나이답지 않군……."

그의 모습이 사라짐을 보고 있던 송왕 주대진이 나지막이 중얼거렸다.

운혜에게 도움을 주었던 것을 알지 못했다면 굳이 이 자리에 나타나서 이런 말을 하지는 않았으리라. 그냥 소문을 흘리는 것으로 족했으니까. 하지만 도움을 받고 일명을 함정에 빠뜨리는 것은 그다운 일이 아니었다. 그런데, 그는 문득 자신이 이 자리에 나타난 것이 의미있는 일인지도 모른다는 생각을 하게 되었다.

일명은 그럴 만한 가치가 있어 보였다.

둘째 마당

청풍루.

하오문의 개봉 지단 책임자인 정삼은 잔뜩 굳은 얼굴로 후원을 어슬렁거리고 있었다.

"대체 무슨 일이 일어나고 있는 거야?"

그는 미간을 있는 대로 찌푸렸다.

도대체 무슨 일이 일어나고 있는 것인지 짐작이 되지 않았다.

지단에 있는 모든 인원을 다 동원했다. 그도 모자라서 정삼 자신까지 직접 돌아다니다 막 들어온 판이었다.

그래도 알아낸 것은 거의 없었다.

하오문은 특성상 겉으로 드러내 놓고 어떤 문제를 조사하기가 어렵다. 은밀히 뒤를 캐는 것이 그들의 본령이다.

뒤에서 기척이 들렸다.

"추이(鄒二)냐? 갔던 일은……!"

돌아보던 그의 안색이 확 달라졌다.

불쑥 나타나 그를 보면서 씩, 웃는 얼굴.

그 얼굴은 그가 기다리는 사람이 아닌 일명이었던 것이다. 그 얼굴을 본 지 오래되지도 않았다. 불과 어제. 얻어맞아 시퍼렇게 든 멍이 사라지기도 전이었다. 하지만 그가 놀라는 것은 일명에게 얻어터졌기 때문이 아니었다.

"내가 반갑지 않은가 보지?"

"그, 그게……."

"괜찮아. 패러 온 거 아니니까."

일명은 그의 어깨에다 턱하니 손을 얹었다.

"사람 하나를 찾아줘."

"누, 누구를?"

"천금수왕."

"처, 천금수왕이라면 금상의 주인인 그……?"

정삼의 눈이 커졌다.

"맞아. 그가 돈이 많다고 하더군. 그가 어디에 있는지 알아?"

"그 사람은…… 금상의 본거지는 휘주이니까, 휘주……."

"아니. 지금 개봉에 있어. 내가 어젯밤. 아니, 오늘 새벽에 봤거든. 지금 어디 있는지 알아내 줘. 개봉 어디에서 뭘 하고 있는지…… 아, 뭘 하는지는 몰라도 돼. 그저 어디 있는지만 알면 되니까. 부탁해."

일명은 그의 어깨를 툭툭 쳤다.

"천왕관에서 기다릴 테니 그리 알려주면 돼. 아, 오래 기다리지 않게 해주면 좋겠네."

그를 향해 씩, 웃어 보인 일명은 신형을 돌렸다.

그런데.

"저……."

떨떠름한 어조가 그의 덜미를 붙드는 것이 아닌가.

"왜?"

"정말 모르십니까?"

"뭘?"

일명의 얼굴이 묘하게 달라졌다.

그를 보는 정삼의 얼굴에서 묘한 빛이 느껴졌던 것이다.

*　　　*　　　*

"마, 말도 안 되는……."

연신 중얼거리면서 정말 없는 머리카락이 솟아날 정도로 일명은 달렸다. 밤하늘을 가로지르는 유성이라도 지금 그의 움직임보다 빠르지 않으리라.

세찬 바람이 그의 전신을 때리고는 밀려났다.

그리고 그 앞으로 어둠 속에 자리한 건물 하나가 나타났다.

천왕관.

그 건물은 그대로 버티고서 일명을 맞았다.

'아무 일도 없잖아……'

생각하던 일명의 눈빛이 달라졌다.

불빛이 보이지 않았다.

아주 어두운 밤.

심야라서 다 불을 끄고 잠이 든 거라면 혹시 몰랐다. 그러나 지금은 아직 삼경도 되기 전이었다. 그가 온 이후로 관원들은 수련을 하느라고 삼경 이전에는 잠을 자지 않았다.

그런데 전혀 불빛이 보이지 않다니…….

게다가 이 쥐 죽은 듯한 적막감은 또 무엇이란 말인가.

천왕관의 대문은 닫힌 적이 없다.

관원들을 받아들이고 출입을 하는 곳이라서 문은 늘 열려 있었다. 그러나 그 대문이 부서져 열려져 있음은 무엇을 의미하는가.

"도, 동구야!"

바람처럼 천왕관으로 날아든 일명은 천왕관의 연무장에서 동구를 불렀다.

핫하…… 웃으며 뛰어나와야 할 동구였다.

그러나 대답이 없다.

불 꺼진 대전.

삭막한 밤바람이 일명의 옷자락, 승포를 펄럭였다.

그 눈앞에 펼쳐진 참상(慘狀).

바닥 여기저기에 쓰러진 수련생들의 모습, 그들의 주변으로 거뭇거뭇하게 튄 것은 핏자국. 한둘이 아니었다. 얼핏 봐도 십여 명이 넘었고, 이미 어둠에 구애받지 않는 일명은 그중에 눈에 익은 수련생들의 모습도 발견할 수 있었다.

참혹했다.

"……."

일명은 천왕관의 대전인 천성전의 입구에 선 채로 굳어졌다.

거기에는 시신이 더 많았다.

스물도 넘었다.

선명하게 아직 굳지도 않은 핏자국.

부러진 목과 꺾어진 팔다리…… 그 모습은 그들이 항거하기 어려운 적과 싸웠음을, 안쪽으로 몰려 있음은 안쪽으로 도주하다가 죽은 것임을 보여주는 것이었다.

불과 어제까지지도 자신에게 갈굼을 당하면서 수련하던 그 얼굴들.

그 얼굴들은 처절한 공포와 고통으로 일그러져 있었다.

"……."

일명의 얼굴은 무섭게 굳어져 있었다.

의도(醫道)에 일가견을 가진 그였다.

살펴보는 것만으로 어찌 된 것인지 알 수 있다. 항거불능의 적을 만나 도주하다가 죽은 것이다. 강력한 적은 수련생들을 개 몰듯 안으로 몰아가면서 차례로 죽였다.

조금도 사정을 두지 않고 놀리듯.

압도적으로 강한 적이었다. 그런 힘이라면 저렇듯 잔인하게 죽이지 않아도 된다. 고수라면 어디를 치면 사람이 죽는지 정도는 기본으로 알고 있을 것이고, 살인을 함에 있어서도 굳이 저렇게 힘을 쓸 필요가 없다. 그럼에도 불구하고 저렇듯 잔인하게 패 죽인다는 것은…….

"천비……."

신음이 일명의 입에서 새어 나왔다.

사대천왕이라 했었던, 정말 오랜만에 만났던 그 천비가 천성전 대전에서 안으로 들어가는 곳에 엎어져 있었다.

바닥에 번지다가 굳은, 검은 자국은 바로 피가 흘러내린 것.

안으로 들어가려다가 엎어진 듯한 그 모습은 죽기 전에 어떻게 하든

대전 안쪽으로 들어가려고 발버둥을 친 것이 잘 드러나 있었다. 그런 천비의 등을 누군가가 발로 밟아 죽였다.

등이 으스러져 있었다.

'ㅇㅇㅇ……'

일명의 얼굴이 심하게 일그러졌다.

꽉 다문 입술, 악문 이. 부릅뜬 눈에서 살기가 무섭게 일었다.

펄럭펄럭, 그의 승포가 절로 펄렁거렸다.

부서진 문짝.

천성권 도정이 있는 그 방.

그 부서진 문짝을 통해 천성권 도정의 모습이 보였다.

침상.

거기에 구겨지듯 처박혀 있는 그의 모습은 누가 봐도 살아 있을 수 없는 것이었다. 부서진 침상도 모자라 벽을 뚫고 들어간 사람이 어찌 살아 있을 수 있겠는가.

그리고, 그 침상의 옆에 반쯤 부서진 벽.

그 벽에 휴지를 처박듯 처박혀 있는 사람 하나. 벽이 온통 피칠이었다. 그 벽에 박힌 채로 어떻게든 벗어나려고 했던 이를 악문, 아직 감지 못한 눈이 부릅뜬 채로 정면을 쏘아보고 있었다.

바로 그 눈을 일명은 보고 있었다.

"동구야……."

일명은 신음처럼 중얼거렸다.

마치 허깨비가 허공을 유영하듯 일명은 천천히 걸어 동구의 앞으로 갔다.

보지 않아도 눈에 선했다.

상대할 수도 없는 강력한 적에 놀란 천비가 알리기 위해 안으로 달려들어 가다가 죽고, 동구는 안으로 들어서려는 적을 막아서다가 저렇게 참혹하게 되었으리라. 병석의 천성권 도정은 꾸짖으며 몸을 일으키다가 일격에 무너졌을 것이다.

그것을 보고 벽에 처박힌 동구는 버둥거리면서 다시 일어나려 했을 것이고 적은 그를 비웃으며 다시 일격을 가했다. 가슴이 조각조각 부서졌다. 으스러진 가슴팍에서 부서진 흰 뼈가 보였다.

강력한 권세(拳勢)!

최절정에 달한 자의 주먹에 동구의 가슴팍이 완전히 으스러져 있었다. 직접 타격을 받은 것이 아니었다. 손이 닿기 전에 주먹에서 일어나는 권풍(拳風)에 의한 타격이었다.

가히 절정이라 불러 좋을 실력이었다.

이런 고수가 무엇 때문에 이런 곳에 와서 이런 짓을 한단 말인가.

삼룡방을 집어삼켰기 때문에?

개봉 뒷골목을 장악해서?

말도 되지 않았다.

이런 고수가 뒷배를 보고 있었다면 그렇게 쉽사리 당할 리가 없다. 더구나 이렇게 무조건 모든 사람을 패 죽이다니…….

"미안하다……."

일명은 눈을 부릅뜬 동구의 앞에 무릎을 꿇었다.

부릅뜬 눈은 차마 감지 못하고 핏물을 흘려내고 있었다. 말 그대로 혈안(血眼)이었다. 악다문 입술에서 흘러내린 핏물은 지금도 마르지 않았다.

그 눈은, 감지 못한 그 눈은 일명에게 억울하다고 외치고 있었다.

핏물에 잠겨서…….

"미안하다, 미안하다……."

일명은 그 말만을 되뇌었다.

힘없는 이들의 죽음이 누구 때문이었을까?

그들이 죽어가고 있을 때, 자신은 무엇을 했던가. 그들의 대장이라고 늘 자처했으면서…… 운혜군주의 웃음 한 번을 더 보기 위해서 왕부의 침상에서 뒹굴거리지 않았던가.

뼈가 저렸다.

"관조……!"

일명의 입에서 짓눌린 신음이 새어 나왔다.

부릅뜬 눈에서 살기가 일고 뜨거운 김이 악다문 입술 사이로 새어 나왔다. 이곳이 이렇게 되었다면 관조 또한 무사하지 못할 터였다.

여기에 시신이 없다면…….

일명은 떨리는 손을 들어 동구의 눈을 감겨주려고 했다.

그 눈에 손이 닿는 순간이었다.

퍽!

동구의 얼굴이 터져 나가면서 그 속에서 주먹 하나가 튀어나왔다.

정말 출기불의(出其不意)!

그 주먹에 깃든 힘은 강력무비하여 바위라도 으깰 지경이었다. 생각지도 못한 그 일격에 맞으면 일명의 얼굴은 단숨에 함몰이 되고 말리라.

휘잉—

강력한 바람을 휘몬 그 일권은 일명의 옆얼굴을 스치며 날아갔다.

살짝 고개를 틀어 주먹을 피한 일명은 차가운 눈빛으로 그 일권이 날아든 벽을 쏘아보고 있었다.

우드득!

일명의 손에 잡힌 그 주먹의 손목에서 소름 끼치는 음향이 일었다.

"크으으……."

일명이 잡아당기는 힘에 벽을 부수며 흑색 경장을 한 자가 딸려 들어왔다.

그 부릅뜬 눈에는 놀람의 빛이 역력했다.

마치 기다리기라도 한 듯이 일명이 그의 일권을 피함과 동시에 그 손을 잡아채 꺾어버렸기에. 피하는 것만 해도 놀라운 상황에서 단숨에 제압이라니? 그 눈은 바로 그렇게 부르짖고 있었다.

찰나, 뒤에서 소리도 없이 음산한 힘이 일명에게로 날아들었다.

퍽!

"큭!"

기괴한 신음이 손목을 꺾인 흑색경장에게서 터져 나왔다.

눈을 부릅뜬 그의 가슴을 시퍼런 빛을 뿜는 날이 좁은 검이 꿰뚫고 있었다.

'이런!'

소리없이 나타나 일명의 등 뒤에서 습격한 자, 역시 흑색 경장을 한 자가 눈을 크게 떴다. 그가 일명의 뒤에서 공격한 것은 앞선 자가 일명을 공격한 것과 거의 같은 순간이었다. 설사 기척을 느낄 능력이 있다 할지라도 앞의 공격 때문에 느끼기가 불가능한 계산된 공격. 그런데 일명은 당연한 듯 앞의 암습자를 잡아당겨 뒤에서 공격한 자의 검날에다 디밀어 버린 것이다.

"넌 누구냐?"

일명은 차가운 눈으로 등 뒤, 이젠 눈앞에 있는 자를 쏘아보면서 물었다.

"……."

대답없이 그자가 손을 쳐냈다.

시린 빛이 불쑥, 뻗어나와 일명의 목을 노렸다. 독사의 혓바닥과 같은 섬광(閃光)은 동료의 가슴을 꿰뚫은 검이 아니었다. 다른 손의 호수(護手) 속에서 튀어나오면서 일명을 공격한 것이다.

두 사람의 거리는 지척.

누구라도 동료를 찌른 검을 빼서 공격할 걸로 생각할 터이다. 그런 허점을 찌른 공격!

피할 수 있을 리가 없다.

라고 생각했지만 컥! 소리와 함께 그자는 바닥에 세차게 처박히고 말았다.

일명이 사정없이 그의 얼굴을 주먹으로 후려갈긴 것이다.

속도의 차이가 너무 심해서 어른과 아이의 싸움 같았다. 기(氣)가 움직이는 것을 본능적으로 느끼는 일명이었다. 그걸 모르는 상대라면 대항할 수 있을 리가 없다.

"누가 시킨 짓이냐?"

일명은 그자의 멱살을 잡아 올렸다.

단 한 방에 한쪽 턱이 부서져서 핏물이 입으로 쏟아지고 있었다.

순간, 파파팍!

위에서, 좌우에서 일명을 향한 공격이 시작되었다.

위에 하나, 오른쪽 하나, 뒤 하나, 그리고 왼쪽 하나. 모두 넷이었다. 너무도 한순간이라 마치 한 사람의 공격과 같았다.

"흥!"

일명의 입에서 차가운 코웃음이 터졌다.

살기가 가득한.

동시에 일명이 멱살을 쥔 자를 집어 던지듯 위로 쳐들었다.

퍽!

그자의 머리가 위에서 공격하던 자의 검에 꼬치처럼 꿰뚫렸다. 거의 같은 순간에 일명의 신형이 그 자리에서 반전(半轉)했다.

암습자들의 손에 들린 것은 얇고 가는 검.

두 자 일곱 치.

그 검들이 일순간 일명을 난도질했다.

그런 것처럼 보였다. 하지만 상황은 전혀 달랐다.

일명의 왼쪽에서 공격한 자의 목이 벌컥, 뒤로 젖혀졌다. 이어 뒤에서 공격한 자의 목도 마찬가지, 오른쪽에서 공격한 자는 항거할 수 없는 힘에 자신의 목이 꺾어짐을 느끼곤 그대로 정신을 놓았다.

일명의 주먹이 그의 얼굴을 치는 것을 미처 느끼지도 못했다.

"이, 이럴 수가……!"

위에서 공격했던 자, 동료를 찔렀던 자는 경악으로 눈을 부릅떴다. 그들의 연수합격은 어느 누구라도 쉽게 볼 수가 없는 죽음의 함정이었다. 그런데 마치 장난처럼 그것이 한순간에 무너져 버린 것이다.

쉬쉬쉬―!

거의 동시에 일명이 있던 자리를 수십 개의 우모침(牛毛針)이 벌 떼처럼 뒤덮었다.

"커억!"

그자는 입을 딱 벌린 채로 땅바닥에 처박히고 말았다.

그는 일격이 실패하는 순간에 검을 놓으며 다른 손을 쳐들었다. 손목에 장치된 침통(針筒)을 발사한 것이다. 침통에는 기관으로 발사되는 수십 개의 우모침(牛毛針)이 장치되어 있었다. 황소라도 단숨에 쓰러뜨리는 독이 발린 우모침의 이름은 생사단혼.

하지만 그가 결과를 보기도 전에 끔찍한 고통이 배를 쳤다. 헛바람과 함께 그는 땅바닥에 처박혔다.

"누가 시킨 일이냐?"

일명이 무섭게 그를 일으켜 세웠다.

"……!"

경악의 빛이 그자의 눈에 떠올랐다.

일명이 그의 목줄기를 잡아챈 상태에서 일명과 눈을 마주하자 천 길 벼랑에서 떨어진 듯 압도적인 공포가 밀려왔던 것이다.

"마지막으로 묻지. 누가 시킨 일이냐?"

일명의 음성에서 음산한 살기가 일었다.

눈에서 살기가 마치 불똥처럼 툭툭 튀어나오고 있었다.

지난 수년 래 한 번도 보인 적이 없던 살기. 부릅뜬 눈에서는 귀화(鬼火)가 일렁이는 것 같았다.

극도의 분노.

쾅!

그자가 다시 땅바닥에서 입을 딱 벌렸다.

일명이 그를 바닥에다 내동댕이친 것이다. 이미 혈도가 제압당한 상태. 충격을 이기지 못하고 핏덩이가 입에서 튀어나왔다.

"말하지 않는다면 말하게 해주지……."

일명이 천천히 손을 내밀었다.

그 손에 어린 희미한 기류를 복면인은 볼 수 있었다. 격분한 그 손에 잡히면 어떤 일이 벌어질는지는 굳이 체험하지 않아도 느낄 수 있다. 상대는 극한의 분노를 보이고 있고 그것은 바로 자신들이 만든 일이었다.

"관조……."

그런데 그런 그의 입에서 흘러나온 소리.

"……!"

막 손을 쳐내려던 일명의 손길이 누가 잡아챈 듯 그대로 굳었다.

"관조라고? 무슨 뜻이냐?"

일명은 와락 복면인의 멱살을 잡아챘다.

무서운 힘이 그의 멱을 옥죄어 복면인은 단숨에 얼굴이 파랗게 죽어갔다. 조금만 더 힘을 썼더라면 그대로 목이 부러지고 말았을 정도의 힘이었다.

"꺽꺽……."

복면인이 기이한 신음을 흘리자 일명은 그 상태를 깨닫고 손에 힘을 조금 풀었다.

너무 분노하여 모든 힘을 개방한 상태라 말 그대로 스치기만 해도 횡액을 당할 그런 상태가 지금 일명이었다.

"고, 공격을 성공하지 못하면…… 관조를 찾아오라는 말을 전하도록 지시받았다……."

그자가 신음을 흘리며 급히 말을 했다.

일명이 뿜어내는 기도가 너무 격렬하여 감히 머뭇거릴 수가 없었던 것이다.

그것은 심령을 압박하는 절세고수의 기도였다. 능력이 미치지 못하는 자들은 저항하기 어려웠다. 설사 안다 할지라도 심령이 공제되어 저항하는 것은 불가능했다.

더구나 일명이 극도로 분노하고 있음에랴.

"살아 있나?"

묻는 일명의 눈에서 불꽃이 이글거렸다.

"모, 모른다. 명령만 받아……."

"어디로? 어디로 오라는 거냐?"

"강변 우왕묘(禹王廟)……."

퍽!

일명의 주먹이 그자를 쳤다.

일명은 핏발이 선 눈으로 동구를 바라보았다.

벽에 박혀 죽었던 동구. 그는 앞으로 나동그라져 있었다. 그의 머리를 부수며 튀어나왔던 암습! 그로 인해 동구의 머리는 뇌수가 뒤범벅이 된 참혹한 모습이었다.

"동구야……."

일명은 떨리는 손으로 동구를 일으켰다.

그를 일으키는 일명의 손은 피투성이였다. 방금 그는 그 손으로 마지막 남은 자의 머리통을 날려 버렸다.

"미안하다, 미안하다…… 미안……."

일명은 수없이 그 말을 되뇌이면서 눈을 감았다.

차마 동구의 그 끔찍한 모습을 볼 수가 없었다.

가슴이 용광로처럼 들끓었다.

뜨겁게, 살기(殺氣)로…….

"결코 용서하지 않겠다. 너를, 너희들을 이렇게 만든 자들을! 내가 지옥에 가더라도……."

일명은 눈을 감은 채 그렇게 중얼거렸다.

눈꼬리에서 뜨거운 눈물이 분노로 흘러내렸다.

第九章
폭주(暴走)

첫째 마당

휘이잉, 쏴아아…….

쏴, 쏴아아아…….

밤바람이 불었다.

물 내음, 얼마 떨어지지 않은 곳에 있는 황하의 물소리가 밤바람을 타고 고즈넉하게 들려왔다.

조용한 밤이었다.

그러나 승포를 펄럭이며 나타난 일명에게 있어 이 밤은 악몽의 밤이다.

다시는 기억하고 싶지 않을.

일어나지 않았어야 할 일이 일어난 밤.

천천히 갈대들이 부는 바람에 몸을 비비고 있는 그 강변에 한 채의 사당이 괴물처럼 그의 앞에 모습을 드러내고 있었다.

황하를 다스렸다는 수신(水神), 우왕을 모신 우왕묘다.

오랜 세월의 흔적으로 금방이라도 무너질 듯 낡고 작은 그 우왕묘는 어둠으로 전신을 둘렀다. 뒤로 옆으로, 그 주변으로 펼쳐진 갈대밭은 마왕의 군대가 잠복하고 있음을 보는 듯했다.

일명의 몸이 문득 굳어졌다.

우왕묘 앞 어둠.

거기에 한 사람이 우뚝 서 있음을 본 것이다.

아니, 서 있고 싶어 서 있는 것이 아니었다.

맥없이 늘어져 있는 그 사람을 붙들어두고 있는 것은 나무 기둥 하나.

거기에 비끌어 매어진 자는 바로 관조였다.

"관조야……."

일명의 입에서 신음이 흘러나왔다.

"대장……?"

관조가 힘겹게 고개를 들었다.

어둠 속이었다.

그럼에도 관조의 모습은 참혹했다. 알아보라고 일부러 얼굴은 피한 것일까? 얼굴은 멀쩡했다. 하지만 입고 있는 옷은 피투성이였다. 그도 모자라 지금도 핏물이 뚝뚝 떨어지고 있었다.

"……!"

앞으로 나서려던 일명의 발이 멈칫, 멎었다.

관조의 목에서 빛나는 서릿발 같은 검신이 그를 가로막았다.

"한 걸음만 더 다가온다면 이놈의 목숨은 없다."

차가운 음성이 관조의 뒤에서 들려왔다.

검은 그림자 하나가 관조의 뒤에서 검날을 거꾸로 들어 관조의 목을 겨냥하고 있었다. 조심성있는 동작이 아니라 거칠어 관조의 목에서 핏물이 흘러내리는 것이 어둠 속에서도 역력히 보였다. 이미 어둠을 꿰뚫어 볼 수 있는 능력의 일명이니 보지 않을래야 않을 수가 없는 광경이었다.

거리는 칠 장여.

문득 일명을 향해 훌쩍 무엇인가가 날아와 발치에 떨어졌다.

검은빛의 자기 병이었다.

"먹어. 아니면 이놈은 죽는다."

그자가 다시 말했다. 여전히 차가운 음성.

"안 돼! 하지 마!! 그건……!!!"

관조가 소리쳤다.

하나 이내 그 소리는 잦아들고 말았다. 검이 사납게 관조의 목을 파고든 탓이다. 핏물이 줄줄 흘러내렸다.

"먹지 않으면 이놈은 죽는다."

재촉.

"할 수 있나?"

난데없이 나온 일명의 물음.

"……?"

의아한 빛이 관조를 위협하는 자의 눈에 흘렀다.

퍽!

채 비명도 지르지 못하고 그가 입을 딱 벌렸다.

그의 미간에 구멍이 생겼다. 핏물이 분수처럼 솟구치는 순간에 그는 뒤로 넘어졌다.

탄지신통(彈指神通)!

절세의 지공이 발휘된 것이다.

그가 채 땅바닥에 쓰러지기도 전에 일명은 관조의 앞에서 손을 내밀었다. 관조를 묶었던 밧줄이 썩은 새끼줄처럼 끊어졌다. 일명은 무너지는 관조를 받아 들었다. 관조에게서 핏물이 일명에게로 쏟아졌다.

"관조야."

일명이 일그러진 얼굴로 관조를 불렀다.

급히 손을 움직여 목을 비롯한 여기저기를 지혈해야 했다. 그냥 내버려 둔다면 출혈과다만으로도 죽음을 면치 못할 정도였다.

"하, 함정……."

일명의 부축을 받은 관조가 힘겹게 소리쳤다.

순간.

펑!

일명이 있던 그 자리.

그 일대가 폭발했다. 주위가 일순간 폭음에 휩싸였다. 새파란 빛이 사방으로 폭죽처럼 터져 나갔다.

누구도 피하기 어려운 함정이었지만 일명은 관조를 안은 채로 이미 오 장 밖에서 몸을 일으키고 있었다.

"괜찮으냐?"

일명은 관조를 바닥에 눕히며 물었다.

호신강기를 운용하면서 그처럼 빨리 움직였음에도 승포 몇 군데가 너덜거리면서 피가 비쳤다.

폭발은 화약이 아니라 암기였다.

강침(鋼針).

관조를 보호하기 위해서 일명은 고양이처럼 최대한 몸을 말았고 호신강기를 펼쳐 그 자리를 벗어났다. 관조는 보호할 수 있었다. 하지만 폭우처럼 쏟아지는 강침 모두를 피할 순 없었다. 기관에 의해 폭사된 그 강침은 호신강기도 뚫는 강력한 것이라 제아무리 일명이라도.

"너, 넌……?"

관조가 일그러진 눈으로 물었다.

"난 괜찮다. 이까짓 함정으로는 날 어찌할 수 없다."

일명이 일그러진 얼굴로 웃어 보였다.

공력을 운기하자 툭툭 소리와 함께 그의 어깨와 다리에서 두 개의 강침이 빠져나와 바닥에 떨어졌다. 기관에 의해 발사되는 우모강침이었지만 독기(毒氣)는 느껴지지 않았다.

그 속에 담긴 의미를 일명은 아직 알 수 없었다.

그때였다.

"대단하군. 역시 소림사라는 건가?"

차가운 음성이 들려왔다.

흑의복면인 하나.

우왕묘에서 검은빛으로 전신을 두른 자 하나가 걸어나오고 있었다. 팔짱을 낀 자. 복면 속의 눈빛은 얼음처럼 차디찼다.

"누구냐?"

일명이 차갑게 물었다.

"아직 모르나? 이 자리의 주인은 네가 아니라 나란 걸."

일명의 물음에 흑의복면인은 피식, 웃었다. 그의 태도는 당당하고도 여유만만했다.

"주인? 뭐든 상관없겠지. 왜지? 왜 이런 짓을 한 거냐?"

일명의 눈에서 무서운 살기가 일었다.
그럼에도 그는 태연했다.
"그건 알 거 없다. 중요한 건……."
그의 음성이 싸늘해졌다.
"내 말을 듣지 않으면 이들이 모두 죽을 거라는 것이지."
그의 말과 함께 어둠 속에서 흑의인들이 모습을 드러냈다.
하나, 둘……
십여 명의 흑의인은 그냥 나타나지 않았다.
어둠 속에서 늑대의 이빨처럼 섬뜩하게 빛나는 검을 뽑아 든 그들은 짐승처럼 십여 명의 사람들을 바닥에 굴리며 나타났다.
'저들은?'
그들을 본 일명의 얼굴이 갑자기 흉하게 일그러졌다.
"과, 관조야아……!"
흙바닥에 뒹군 그들 중 오십대 중년인 하나가 일명의 앞에 주저앉은 관조를 알아보고는 소리쳤다.
그러자,
"오, 오빠아, 살려줘!"
"혀, 혀엉!"
바닥에 맥없이 뒹군 사람들 중 몇이 비명을 질렀다. 애들이었다. 채 열 살도 되어 보이지 않는 애들도 있었다.
"네, 네놈들이……."
일명의 전신이 덜덜 떨렸다.
참을 수 없이 전신을 휘감는 분노.
그들이 누군지 알아보았기 때문이다.

관조의 가족들이었다.

아니, 관조의 가족은 모두 일곱인데 더 많았다.

그들이 동구의 가족과 천비의 가족임을 알아보는 데는 많은 시간이 필요치 않았다.

"늙은이들까지 끌고 오다니 귀찮게…… 치워 버려라."

퍽퍽!

"악!"

"아악!"

단말마의 비명.

그들 중 서너 명이 한꺼번에 앞으로 철푸덕 나가떨어졌다. 그걸로 끝이었다. 다시는 움직이지 않았다. 달빛 아래 드러난 그들은 천비의 할아버지와 관조의 조부모들이었다.

"이, 이……."

일명의 얼굴이 시뻘겋게 달아올랐다.

"한 발짝이라도 움직이면 이것들은 모두 죽는다. 아무리 대단한 무공을 지니고 있다 하더라도, 이 거리에서 모두를 구할 수는 없겠지?"

흑의복면인이 음산하게 웃으며 위협했다.

사실이었다.

흑의인들은 두어 장, 아무리 가까워도 일 장이나 되는 거리를 사이에 두고 나타났다. 그 거리는 아무리 경공 발군의 일명이라도 가능치 않은 일이었다.

"무엇을 원하는 것이냐?"

일명이 물었다.

"우선은……."

흑의복면인은 손에 들고 있던 것을 일명에게 던졌다.

병 하나가 허공을 가르고 날아와 일명의 앞에 떨어졌다.

"먹어라."

"……."

일명은 그것을 내려다보았다.

처음의 그것과 똑같이 생겼다. 슬쩍 훑어보니 안에 검은 환약 하나가 들어 있는 듯했다. 대체 이것이 무엇이길래 계속 먹으라고 하는 것일까?

"아악!"

흑의복면인이 손을 쳐들자 사방에서 참혹한 비명이 터져 나왔다.

"아파요, 살려주세요!"

"악악, 흑흑흑…… 제발, 너무 아파요."

아이들이 울부짖었다.

사정도 없이 애들의 팔을 비틀고 있었다. 휘기 어려운 각도임을 한눈에 알 수 있다. 팔은 이미 부러진 다음인 것이다.

"이, 이놈들아! 하늘이 무섭지 않으냐? 애들이 무슨 죄가 있다고…… 악!"

관조의 엄마가 발버둥을 쳤다.

사납게 뺨을 후려친 흑의인의 모습을 슬쩍 바라본 흑의복면인은 차가운 음성으로 말했다.

"먹지 않으면 저것들이 모두 죽는 걸 보게 될 거다."

진퇴양난(進退兩難).

먹지 않는다면 피붙이와 같았던 동네 어른들, 동구와 관조의 가족들이 모두 죽는 걸 눈으로 봐야만 했다.

만약 먹는다면, 아마 그래도 저들은 살려두지 않으리라.
"엄마!"
갑자기 아이가 단말마의 비명을 질렀다.
툭, 데구루루…… 관조의 엄마, 손씨의 머리가 바닥을 굴렀다.
"어, 어머니이……!"
관조가 어디서 힘이 생겼는지 벌떡 일어났다.
"악!"
다시 이어진 단말마의 비명.
방금의 그 꼬마, 관조의 막내 여동생의 여린 가슴을 뚫고 악마의 혓바닥과 같은 검봉(劍鋒)이 튀어나와 이빨을 번뜩였다.
"컥컥컥……."
천비의 가족 중 마지막으로 남았던 천비의 동생이 목을 부여잡고 꿈틀거렸다. 검이 앞에서부터 목을 반쯤 자르면서 파고드는 중이었다. 핏줄기가 쏟아졌다. 잔인하고도 과감하기 짝이 없었다.
"머, 멈춰라!"
일명이 다급히 소리쳤다.
부릅뜬 두 눈에는 핏발이 곤두서 있었다.
흑의복면인이 손을 들었다.
"먹을 마음이 생겼나?"
퍽!
자기 병이 깨졌다.
일명은 서슴없이 드러난 검은 환약을 삼켰다.
"되었나?"
"좋군."

흑의복면인은 씩, 웃었다. 그렇게 웃는 듯 보이는 모습의 눈매는 여전히 차갑기만 했다.

"이제 다음 단계로 가볼까?"

그가 손을 흔들자 억눌린 신음이 일었다.

천비의 동생.

방금 그 목에 닿았던 검이 번뜩이면서 목이 바닥을 구르고 있었다.

"안 돼!"

일명이 소리쳤다.

"그 자리에 무릎을 꿇어라!"

흑의복면인은 차갑게 소리쳤다.

"살려줘!"

"아악…… 오빠아……."

"무서……워, 엉엉엉……."

관조의 가족들이 울부짖었다.

아비규환이 따로 없었다. 사방에 널브러진 사람들의 시체와 선혈, 피비린내…….

"으으……."

일명의 얼굴이 일그러졌다.

핏발이 곤두선 눈으로 모자라 눈 전체가 시뻘겋게 변하고 있었다. 승포가 강바람을 맞아 펄럭이다 못해 아예 태풍을 만난 듯 펄럭거렸다. 움켜쥔 주먹은 핏물이 튕겨져 나올 것만 같이 부들부들 떨린다.

그럼에도 할 수 있는 일이 없었다.

그때였다.

"……!"

일명이 두 눈을 부릅떴다.

부릅뜬 눈으로 일명은 뒤를 돌아보았다. 천천히.

관조가 전신을 떨고 있었다.

"미안하다, 미안하다…… 크흐으으흑."

관조가 오열하며 그 자리에 무릎을 꿇었다.

떨리는 손이 일명의 등에서 미끄러졌다. 방금 일명의 등에다 비수를 박은 그 손이었다.

"으흐흐흐…… 이젠 끝났군!"

흑의복면인이 팔짱을 풀면서 음산히 웃었다.

"칠보추혼독(七步追魂毒)이 발린 비수에 단장환(斷腸丸)까지 먹었으니 동신철골(銅身鐵骨)이라 한들 버틸 수 있을까?"

"이제 만족하나? 목적을 달성했다면 그들을 놓아주어라."

일명은 사납게 부릅뜬 눈으로 그를 쏘아보았다.

그의 등에는 비수가 자루까지 박혀 있었고, 그의 승포는 여전히 펄럭거렸다. 바람이 불어서가 아니었다. 눈빛은 이미 핏빛. 혈광(血光)으로 물들어 섬뜩하기조차 했다.

참을 수 없는 분노가 이미 그의 전신을 뒤덮고 있는 것이다.

덜덜…… 그의 다리가 떨리고 있음이 역력히 보였다.

분노일까, 아니면 고통일까?

"목적이라? 흐흐흐…… 아직은 아니지. 목표가 땅에 쓰러진 것도 아니고 숨을 쉬지 않는 것도 아니지 않나?"

흑의복면인은 여전히 차갑게 웃음을 흘렸다.

휘이잉—

밤바람이 갈대를 흔들었다.

피비린내, 혈향(血香)이 사납게 주변을 훑었다.

살아남은 것은 관조의 가족들뿐이었다.

그나마 겨우 네 명. 울부짖던 꼬마는 놀라 혼절했는지 늘어져 있어 목불인견.

"아직도, 아직도 모자란단 말이냐?"

"네 스스로 목숨을 끊는다면 충분하지."

일명의 말에 흑의복면인이 음산히 웃음을 흘렸다.

털썩.

그 순간, 일명이 무릎을 꿇었다.

전신에 치미는 독기를 견딜 수가 없었던 것이다.

칠보추혼이란 이름 그대로 일곱 걸음을 걸어가면 죽게 된다는 극독. 걸어가지 않더라도 일곱 걸음을 뗄 시간이 지나면 죽는다는 의미가 깃든 것이 바로 그 독의 이름이었다. 거기에 단장환까지 먹은 일명이다.

"하고 싶은 대로 다 하지 않았느냐? 이젠, 그들을 놓아줘라."

일명이 잔뜩 일그러진 얼굴로 말했다.

고통으로 고개도 들기 어려운 듯 머리를 숙인 채였다. 전신을 부들부들 떨고 있었다.

"이런, 이제야 효력이 나는 건가? 그럼 약속대로 선물을 줘야겠지?"

흑의복면인이 음산히 웃었다.

순간, 늘어진 관조의 남동생을 잡고 있던 흑의인이 팡! 소리와 함께 관조의 남동생을 밀어냈다. 아니, 밀어낸 것이 아니라 전력이 깃든 주먹으로 아이의 등을 친 것이다. 정신을 잃고 있던 아이는 채 비명도 지르지 못하고 피분수를 뿌리며 나가떨어졌다.

확인하지 않아도 즉사였다.

"안 돼! 수아야!"

관조가 비명을 질렀다.

"악!"

"커억!"

또 하나, 그리고 또…….

그것이 신호였을까? 흑의인들에게 제압당해 있던 관조의 식구들이 모두 그 자리에 차례차례 피를 뿌리며 쓰러졌다.

인질로 끌려 나온 천비와 동구, 그리고 가장 가족이 많았던 관조의 가족들까지 십여 명의 사람들 중 살아남은 사람은 이제 하나가 남았을 뿐이다.

새파랗게 질린 올해 열여섯 된 관조의 여동생 아금(阿錦).

"아직 사내도 모르는 계집애를 그냥 죽인다면 어찌 애석하지 않겠나? 삶의 기쁨을 알게 해주는 것이 좋지 않을까?"

흑의복면인의 말에 여동생, 아금을 잡고 있던 흑의인이 단숨에 아금의 옷을 찢어버렸다.

비명과 함께 아금이 비틀거렸다. 이제 겨우 부풀어 오르는 가슴이 어둠 속에서 드러났다. 그 가슴을 사납게 움켜쥔 흑의인은 손을 뻗어 아래의 속곳도 그대로 찢어냈다.

아금은 공포에 질려 비명조차 지르지 못했다.

바닥에서 구르는 관조의 엄마 손씨의 목, 그녀의 부릅뜬 눈은 그 천인공노할 광경을 멍하니 보고 있었다.

"이, 이 잔인한 놈들! 네놈들 말을 들으면 모두 살려준다고 해놓고. 이, 이 죽일 놈들!!"

관조는 벌떡 일어나 미친 듯이 그 흑의인에게로 달려갔다.

하지만 그는 앞으로 갈 수 없었다.

무릎을 꿇은 일명이 한 손을 뻗어 그를 막고 있었다.

"나, 날 놔줘! 미안하다! 미안해……."

관조가 발버둥쳤다.

하지만 거의 엎드린 채로 한 손을 내민 일명의 저지를 그는 벗어날 수가 없었다.

"미안해! 어리석은 일인 줄, 뻔히 그래선 안 되는 줄 알면서도 어쩔 수가 없었다! 비켜라. 부디 살아나다오. 그래, 살아나서 복수를……!"

발버둥치며 처절히 울부짖던 관조의 입이 절로 벌어졌다.

휘이이잉— 휴우우우—

손을 든 일명의 전신에서 기괴(奇怪)한 기운이 일고 있었다.

음악(陰惡)하고 섬뜩한 귀기(鬼氣)!

승포는 미친 듯 펄럭였다. 그의 몸에서 이는 기괴한 기운은 암흑의 너울처럼 너울너울 펄럭이는 승포를 타고 날개처럼 일어나고 있었다.

일명이 머리를 들었다.

드러난 그의 눈은 완전한 핏빛! 그 섬뜩한 혈안(血眼)으로 일명은 흑의복면인을 쳐다보았다.

"크크크……."

일명의 입에서 기괴한 웃음소리가 흘러나왔다.

"흑!"

흑의복면인의 눈에 경악이 튀었다.

일명의 눈을 본 그의 전신을 공포가 휘감고 짓눌렀다. 갑자기 손가락 하나 까닥할 수가 없다.

일명이 천천히 몸을 일으켰다.

"모두, 모두 죽여 버리겠다……."

괴악(怪惡)한 중얼거림이 공포스럽게 그의 입에서 흘러나왔다.

툭.

그의 등에 박혀 있던 비수가 절로 솟아나 땡그렁, 소리와 함께 땅바닥으로 떨어졌다.

흘러내리던 핏물이 천천히 잦아들었다.

과악, 까아—악!

주변 갈대밭에서 갑자기 새들이 울부짖으며 날아올랐다.

찢어져라 울부짖는 야조(夜鳥)들의 울음소리, 밤새들의 광란은 장내의 모든 사람들을 얼어붙게 하기에 족했다.

삽시간에 극한의 공포가 장내를 짓눌렀다.

"무, 무슨…… 이미 죽었어야 했는데?"

흑의복면인은 믿을 수 없는 듯 공포에 질려 주춤, 주춤 뒤로 물러났다. 아니, 물러나려고 했다.

그때였다.

"으악!"

처절한 비명.

관조의 동생 아금을 잡고 있던 자가 혼비백산, 물러났다.

아금을 잡고 있던 손이 바닥에 떨어져 펄떡거리고 있었다. 팔뚝에서부터 잘린 그 손의 움직임에 따라 핏물이 흩어졌다.

하지만 그는 그런 정도의 고통에 비명을 지를 사람이 아니었다.

그의 가슴을 파고든 손이 없었다면.

그리고 그 손이 그의 심장을 뜯어내고 있지 않았다면, 그는 결코 그렇게 처절하게 비명을 지르지 않았을 터였다.

대항조차 하지 못했다.
그저 거미줄에 걸린 파리처럼 벌벌 떨다가 심장이 뽑힌 가슴에서 피 분수를 뿜어내면서 넘어가 버린 것이다.
…….
공포스러운 전율의 침묵이 장내를 짓눌러왔다.
휘이잉…….
불어오는 바람 소리만이 침묵을 흔들 뿐.
"이리 오너라."
손에 든 심장, 꿈틀거리는 심장을 땅바닥에 거칠게 내팽개친 일명이 흑의복면인을 향해 명했다.
피 묻은 손이 까닥거리며 손짓한다.
"무, 무슨……?!"
흑의복면인은 전신을 벌벌 떨었다.
일명의 명을 듣자, 놀랍게도 물러나려던 자신이 한 걸음 앞으로 나서고 있었기 때문이다.
황당하고도 놀란 그는 공포에 휩싸여 이를 악물면서 버티려 했지만 일명의 시뻘건 불덩이와 같은 눈을 보자 이내 정신이 까마득한 나락으로 떨어져 내리는 것만 같았다.
아무런 생각도 나지 않았다.
이를 악물며 아무리 버티려 해도 그는 벌벌 떨면서 일명을 향해 걸어가려 하고 있었다.
"이, 이럴 순 없어! 안 돼…… 컥?!"
그가 두 눈을 부릅떴다.
공포와 혼란으로 망연했던 눈이 자신의 가슴을 내려다보았다.

가슴에서 심장이 뜯겨져 나오고 있었다.

일명의 손이 언제인지 그의 가슴을 꿰뚫고 있었다. 그 손에 쥐인 심장은 꿈틀거리면서 힘차게 뛰고 있었고, 그때마다 핏줄기가 사방으로 흩뿌려졌다. 그것을 본 흑의복면인의 입에서 단말마의 처절한 비명이 터져 나왔다.

"으아악! 이, 악마아……!"

그는 미친 듯 부르짖으며 일명을 쳤다.

그의 무공은 일절이라 이 일격은 바위라도 부숴낼 힘이 있었다.

하지만 일명은 그의 일격을 막지도 피하지도 않았다.

펑! 펑!!

폭음과 함께 놀랍게도 일명을 친 흑의복면인의 손이 산산이 으스러져 버렸다.

"끄아아악……."

그자가 비틀거리면서 뒤로 물러났다.

일명의 손에 들린 뜯겨져 나온 심장이 출렁거리면서 핏물이 사방으로 흩어졌다. 물러나면서 그의 가슴에서 핏줄기가 분수처럼 솟구쳤다.

목불인견(目不忍見)의 공포스러운 참경이었다.

"악마? 네놈이 그따위 말을? 크크크크크……."

일명은 그 심장을 벌린 입으로 가져갔다.

그 꿈틀거리는 심장을 바라보는 두 눈에서 뿜어지는 혈광은 미친 듯 소용돌이치고 있었다. 핏빛 혈기가 전신에서 어둠을 뚫고 피어오르는 것 같았다. 뜯어 먹으려는 모습이었다.

그 끔찍한 광경에 모두가 얼어붙었다.

"아, 안 돼!"

관조가 미친 듯 부르짖었다. 자신도 모르게 매달리면서 부르짖었다. 그래야만 할 것 같았다.

"일명아, 비룡아! 안 된다. 그건 사람이 하면 안 되는 짓이다!"

"크으으……."

일명은 힐끗 관조를 보았다.

"크헉!"

관조는 두 눈을 부릅떴다.

일명의 혈안과 마주치자 골이 빠개지는 것 같았다. 눈이 터져 버리는 것 같았다. 지옥불 속에 빠진 듯이 공포가 혼백을 뽑아내는 것만 같았다.

평생을 통해 지금처럼 공포스러운 적이 없었다.

"제발! 왜 이러는 거야? 나야, 나야…… 나라구. 정신 차려!!"

관조가 비명처럼 소리쳤다.

"여기를…… 여기를 피해. 끄으윽! 나를 제어할 수 없다. 어서 빨리 여기를 벗어나……."

일명이 신음처럼 중얼거렸다.

"앗!"

일명이 손을 떨치자 관조는 팔랑개비처럼 나뒹굴었다. 일명이 사정을 두지 않았다면 피떡이 되고 말았을 힘이 거기 실려 있었다.

관조는 엉금엉금 기면서도 황급히 여동생 아금이 쓰러져 있는 곳으로 달려갔다.

"크아아악!"

갈등 어린 눈으로 손에서 꿈틀거리는 심장을 바라보던 일명은 갑자기 사납게 그것을 팽개치고는 고함을 질렀다. 흉하게 일그러진 얼굴에서는 무서운 살기가 이글거렸다.

까아악!

카아아…….

사방에서 새 울음소리가 미친 듯 일었다.

여기저기에서 울어대는 그 소란은 말 그대로 공포와 전율(戰慄)!

"으악!"

"으아아—악!"

처절한 비명이 뒤를 이어 터져 나오기 시작했다.

일명의 신형이 유령처럼 장내를 누비고 있었다. 그의 손이 움직일 때마다 비명과 함께 흑의인들이 피분수를 뿌리며 쓰러졌다.

거의 한순간에 장내에 있던 십여 명의 흑의인들 모두가 피를 뒤집어 쓰고서 죽음을 맞았다.

단 하나도 살아남지 못했다.

아니, 일명의 손에 멱살을 잡힌 자, 그 혼자만이 살아남았다.

공포에 질려 도주하다가 잡힌 자. 그의 눈은 이미 살아 있는 사람의 것이 아니었다.

"사, 살려……!"

그는 죽음을 겁내지 않도록 훈련받은 사람이었다.

그럼에도 일명의 전신에서 이는 공포스러운 기운에 이미 혼백이 반쯤 달아나 버린 상태였다.

"누구냐? 누가…… 너를 보냈느냐?"

일명이 무서운 음성으로 물었다.

고문도 필요없었다.

"끄으으…… 나, 나는 몰라. 모릅니다. 영주의 명에 따라 움직이기 때문에 그냥, 그냥 시키는 대로…… 제발 살려…… 크악!"

그가 비명을 질렀다.

손을 쓰지 않았음에도 두 눈이 절로 터져 나갔다. 심맥이 산산이 으스러졌고 칠공으로 핏줄기가 터져 나왔다.

단지 기세만으로 그를 죽여 버린 일명이 신형을 돌렸다.

그가 손을 뻗자 죽어 넘어져 있던 흑의복면인의 신형이 훌쩍 날아올라 그의 손에 목이 잡혔다.

"누구냐? 누가 너를 보냈느냐?"

일명이 고함치듯 물었다.

말도 되지 않는 물음이었다.

기절한 아금을 끌어안은 채로 질린 표정이었던 관조는 괴이한 빛이 되어서 일명을 보았다.

모든 것이 정상이 아니었다.

일명이 저렇게 변한 것은 물론이고, 이젠 죽은 자를 닦달하다니? 설마하니 죽은 자가 대답이라도 할 것으로 믿는단 말인가?

일명이 이젠 완전히 미쳐 버렸구나……

라고 관조는 생각했다.

하지만.

두 눈을 허옇게 뜨고서 그자가 뭔가 중얼거리는 광경을 보자 관조는 너무 놀라 벌린 입을 다물 수가 없었다. 세상에, 죽은 자가 말을 하다니, 숨이 끊어졌고 심장까지 사라진 자가.

"천, 금수왕…… 용서하지 않겠다!"

무서운 눈빛으로 그자를 내려다보고 있던 일명이 사납게 중얼거리더니 그 자리에서 사라졌다.

남은 것은 그자의 시신.

"어, 어떻게 저런 일이……."

관조는 넋을 잃은 듯이 멍하니 있기만 했다.

일명이 사라진 지금, 한바탕 꿈을 꾼 것만 같았다.

그러나 그것이 아닌 것은 너무 명백했다. 그의 눈앞에 펼쳐져 있는 지옥도. 피비린내…….

바로 눈앞에 엄마와 아버지, 온 가족이 몰살을 한 다음이었다.

품에서 기절을 한 아금을 제외한 모두가.

그런데.

"윽?!"

관조는 두 눈을 부릅떴다.

입에서 코에서 귀에서, 칠공에서 핏물이 흘러나왔다.

건들거리던 관조는 맥없이 그 자리에 그대로 고꾸라졌다. 그의 품에 안긴 어린 여동생 아금도 칠공에서 피를 흘리고 있었다. 그도 아금도 그렇게 영원히 숨을 멈추어야 했다.

"……."

언제 나타난 것일까.

차가운 눈으로 관조의 시신을 바라보고 있는 자가 있었다.

방금 무형의 내가진력으로 남매를 간단히 죽여 버린 자. 그는 냉정한 시선으로 주위를 돌아보고 있는 중이었다.

"흔적을 모두 지워라."

낮은 음성으로 명령한 자.

그의 명에 따라 십여 명의 흑의인들이 유령처럼 나타났다. 그들은 정말 유령처럼 주위를 떠돌면서 흔적을 지우는데, 괴이하게도 시신은 하나도 건드리지 않았다. 관조와 아금의 시신만 데리고 사라졌다. 그리고는 일명을 공격했던 암기와 일명이 먹었던 약병, 비수 등 일명과 관련된 것만 철저하게 바늘 하나도 남기지 않고 찾아내어 회수를 하고 사라졌다.

작업이 끝나자 전서구 하나가 어둠을 뚫고 날아올랐다.

푸드득…….

그렇게 채 반 각이 지나지 않아서였다.

한 사람이 바람과 같은 신법으로 다급히 날아들었다.

장내에 펼쳐진 참경을 보고 그는 경악하여 그 자리에 굳어지고 말았다.

"맙소사!"

눈을 부릅뜬 그는, 해지고 낡은 승복을 걸친 사람이었다.

"한순간의 방심으로 이게 무슨……!"

그는 발을 구르고는 주위를 살피기 시작했다.

둘째 마당

전서구가 날아든 곳은 온통 안개가 가득한 황산(黃山).

구름[雲海]과 소나무[松海], 그리고 기암괴석[石海]의 세 바다가 어울려 이름 높은, 주위 삼백여 리의 명산.

망운정(望雲亭).

구름을 바라본다는 이 정자는 일반인들의 발길이 범접하기 어려운 깎아지른 듯한 기암절벽 위에 위치한다. 그러하니 운해의 모습에다 송해, 석해가 한눈에 들어오는 절경 중의 절경이다.

발아래는 말 그대로 도끼로 찍어낸 듯한 낭떠러지.

말 그대로 교수천공(巧手天工)!

구름이 사방을 덮고 있으니 과연 이곳이 산자락인지 아니면 선계(仙界)인지 알기가 어려울 정도였다.

돌난간이 겨우 추락을 막고 있는 그 망운제의 절벽 난간에 한 사람이 구름 가운데 선 채로 생각에 잠겨 있다.

나이는 서른이나 되었을까.

하늘색 유삼을 입은 그의 일신에 서린 것은 탈속한 기품.

손에 든 섭선을 휘적거릴 때마다 안개가 이리저리 밀려나 신비롭기까지 하다.

"개봉에서 전서가 왔습니다."

뒤에서 소리가 들려왔다.

청삼서생은 손을 내밀어 전서를 받았다.

"좋군."

전서를 본 그가 나지막이 말했다.

"드디어 천살성이 깨어났군! 하긴, 그렇게나 공을 들였는데 반응하지 않았다면 섭한 일이 아니었겠나? 하하하……."

그가 섭선을 손바닥에 두드리며 낭랑히 웃음을 터뜨렸다.

그의 웃음소리에 눈앞의 안개가 출렁거렸다.

"축하드립니다. 모든 게 총사의 뜻대로……."

"아직은 이르다. 과연 제대로 폭주할 것인지를 봐야지."

"독이라 속이고 성정을 폭급하게 만드는 천홍기탄(天烘氣灘)까지 투입하여 격한 분노로 내부에 잠든 천살성을 발동케 하셨습니다. 거기에 흑령대(黑靈隊) 일대를 소모하면서까지 분노를 격발(激發)함에 공을 들이셨지요. 그럼에도 그 애송이가 그 안배를 벗어날 수가 있겠습니까?"

"모를 일이지. 진인사대천명이니……."

청삼서생이 문득 나직이 웃었다.

"이제 천살성이 된 일명이 천금수왕에게 달려가 어떻게 할까에서 성공인지 아닌지가 드러나겠지."

뒤에 선 자는 사십대의 호리호리한 체구를 가진 자였다.

그는 냉막한 얼굴에 묘한 빛을 떠올렸다.

"그것을 위해서 천금수왕까지 포기하는 것은 너무 큰 대가가 아니겠습니까? 더구나 그는 이번에 관부와 손잡고 송왕을 처리하기 위해서 움직이고 있는데……."

그는 상황이 이해되지 않았다.

"그 정도로 당한다면 천금수왕이 존재할 가치가 있겠나. 천살성이 각성한다 한들, 이제 시작인 것을……."

중얼거리는 청삼서생의 얼굴에 문득 웃음이 떠올랐다.

한 가닥 바람이 불어와 그의 옷자락을 펄럭였다.

구름인지 안개인지 알 수 없는 흰 기운이 그의 몸 주위에서 출렁거렸다.

'지금 시점에서 송왕이 무너짐은 바람직하지 못해. 그는 살아서 자신의 능력을 발휘해 줌이 좋아. 그래야 난세가 오지. 하하하하…… 저들이 하고 싶은 대로 다 할 수 있도록 한다면 황실이 하나가 되어버리지 않겠나? 그렇게 둘 수야 없지. 명후(冥后), 그대가 마음대로 하도록 버려두지는 않을 거야. 황실에 힘을 쏟도록 하게. 그래야 내가 세운 암천광휘(暗天光輝)의 안배가 제대로 빛을 발할 수 있지 않겠나. 간섭없이……'

그는 오늘을 위해서 일명이 소림사를 떠나기만을 기다렸다.

더 빨리 손을 쓸 수도 있지만 굳이 그럴 이유는 없었다.

소림사는 아직 직접적으로 건드리지 않는 편이 좋았다.

그러지 않고도 이렇게 손을 쓸 수가 있으니까.

흑령대에게 천금수왕의 거처를 가르쳐 주고, 천금수왕의 명에 따라 일명을 공격한 것으로 알도록 했다. 죽어가면서도 그들은 천금수왕의 명을 받은 것으로 알았을 터이다.

그들이 받은 명령은, 일명을 죽이는 것.

최대한 그를 분노케 하는 일도, 비수나 독약까지, 모두가 그를 죽이기 위한 것으로 그들은 알았다.

하지만 아니었다.

거기에는 독이 없었다.

그들로서는 처음부터 일명을 죽일 능력이 없었기에 독 같은 것은 처음부터 없었고, 죽일 생각도 없었던 것이다. 그렇기에 그들이 선택되었음을 그들은 꿈에도 알지 못했다. 칠보추혼이나 단장환에는 독이 아니라, 천홍기탄이라는 이성을 마비시키는, 살심을 자극하는 극렬한 흥분제가 들어 있을 따름이다. 그렇기에 일명은 눈앞의 도발에 극도로 분노하여, 혜인 상인이나 목노, 혜상 선사가 이제는 일명의 내면 깊숙이 봉인시켜 두었던 천살성을 깨우게 되었던 것이다.

일명의 고통은 독의 발작이 아니라, 바로 그 잠들었던, 봉인되었던 천살성이 깨어나는 것에서 비롯되었다.

당금 천하에는 오직 그만이 그러한 능력을 가지고 있었다.

천살성의 존재를 알고, 그것을 깨워 이용할 수 있는 능력은.

…….

청삼서생은 한참을 혼자 그 자리에 서 있었다.

그리고.

"오셨습니다."

뒤에서 전갈이 들려왔다.

마침내 기다리던 그가 왔다.

사자처럼 뻗친 수염.

부릅뜨지 않아도 퉁방울 같은 눈.

허리를 펴지 않아도 상대를 압도하는 팔 척의 거구.

등에 교차해서 둘러멘, 말 그대로 거대한 두 자루의 흑색 거부(巨斧)는 보기만 해도 기가 질린다. 녹색 장포가 천막처럼 펄럭이는 그의 전신에 서린 것은 한마디로 강력한 투기(鬪氣).

누가 그의 앞에서 숨이나 크게 쉴 수 있을까.

그야말로 지난 이십여 년 이래 강호를 위진하고 있는 녹림투왕(綠林鬪王) 철위강이었다. 천존이란 존재가 나타나지 않았더라면 녹림칠십이채를 휘둘러 강호에 군림하려고 했을지도 몰랐을 절대자.

흩어진 녹림을 하나로 만든 사람이 그였다.

녹림투왕 철위강은 망운정이라 이름한 정자에 앉아 자신을 기다리는 청삼서생을 보았다.

"오시느라고 수고하셨습니다. 자, 이리로……."

청삼서생이 반쯤 몸을 일으키면서 자리를 권했다.

녹림투왕 철위강은 송충이 같은 짙은 눈썹을 찡그렸다.

"정말 당신이 귀곡신유요?"

청삼서생이 웃음을 띠었다.

"아닌 것 같습니까?"

"당신을 보는 게 세 번째인데, 그때마다 모습이 전혀 다르니…… 마지막 만난 다음 십 년은 족히 흐른 듯한데, 오히려 삼십 년은 젊어 보이는 것 같소. 그러니 어찌 묻지 않을 수가 있겠소?"

"하하하하……."

청삼서생, 귀곡신유는 낭랑히 웃음을 터뜨렸다.

웃는 그의 나이는 정말 삼십대 초반으로 보였다. 한 번도 같은 모습으로 사람을 만나지 않았다는 그. 그러하기에 그는 하나이지만, 팔방화신은 어디에나 존재한다는 말이 있지 않겠는가.

"그러고 보니 천존께서 마지막으로 십대천좌를 소집하셨을 때 뵙고는 처음이로군요."

십대천좌.

녹림투왕 또한 십대천좌의 일인이었다.

백존회가 무서운 점은 바로 이러한 부분이다. 십대천좌 개개인이 절정옥소 누한천처럼 홀로인 사람이 거의 없다는 것. 백존회의 구성원은 백 명의 마두이지만, 그들 하나하나가 거느린 수하들의 숫자를 합한다면 그것은 말 그대로 전체 무림을 공황에 빠뜨리고도 남을 정도였다.

"그래, 당신이 귀곡신유라고 치고, 나를 부른 이유가 뭐요?"

"내가 부른 것이 아니오."

"아니라니? 그럼 누가?"

"천존의 명을 받았을 뿐이오."

"천…… 존!?"

녹림투왕 철위강이 두 눈을 부릅떴다.

깍듯한 말투가 변한 것조차 느낄 수가 없었다.

천존이라니!

세상은 천존이 죽었다고 생각하고 있었다.

그 또한 마찬가지였다.

그런데…….

第十章
공포(恐怖), 도래하다

첫째 마당

머리가 깨질 것만 같다.

눈을 부릅뜨고 또 부릅떠야 했다. 치솟는 살심(殺心)은 가슴을 차고 넘쳐 머리끝까지 치솟았다. 보이는 모든 것들이 붉었다. 피처럼 붉고 또 붉었다. 그렇게 핏빛으로 보이는 것들을 모조리 파괴하고 죽여 버리고 싶었다.

캐앵!

주변에 이는 괴이한 기운에 놀라 고개를 쳐들었던 여우 한 마리가 일명이 슬쩍 휘둔 손짓에 머리통이 으스러져 버렸다. 영문도 모를 죽음이었지만 일명은 이미 그 자리에 없었다. 그 위를 스쳐 날아가 버린 것이다.

무서운 속도였다.

혈광(血光)이 이글거리는 가운데 일명의 신형은 한 가닥 핏빛 광채로 화해 어둠을 뚫고 달리고 있었다. 경공으로 오르락내리락하는 것이 아니라, 아예 공중에 떠서 훨훨 날아가고 있었다. 전설상의 어기비행(御氣飛行)이나 어풍비행(御風飛行)처럼.

머리카락이 광풍을 만난 갈대처럼 미친 듯 흩날렸다.

어찌 믿을 수 있으랴.

방금 전까지도 일명의 머리는 머리카락이 한 올도 없었다. 그런데 그 반짝이던 민머리에서 마치 국숫발이 밀려 나오듯 머리카락이 쑥쑥 자랐던 것이다. 그렇게 자라난 머리카락은 삽시간에 허리에 이를 만큼 길어져 암흑의 나래처럼 그렇게 휘날리고 있었다.

목적도 없이 그저 폭주하여 달리고만 있는 것처럼 보였다.

하나 그렇지 않았다.

지금의 일명은 일명이되, 일명이 아니었다.

어둠의 힘이 주변을 덮다 못해 사방으로 퍼져 나가는, 하늘에서조차 먹구름이 몰려드는 그런 현상을 일으키는 존재.

자신이 원하는 대상이 어디에 있는지를 굳이 찾지 않아도 느끼는 그런 존재가 바로 지금의 일명이었다.

그렇게 하늘을 가로지르는 일명의 앞에 거대한 장원 하나가 모습을 드러냈다.

어둠에 묻힌 장원 하나.

그리 크지는 않지만 개봉성 외곽에 있어 지방 호족의 거처로 알려진 곳이다. 당대의 장원 대부분은 호족(豪族)의 소유였으며 사병(私兵)이랄 수 있는 무사들이 많든 적든 존재했다.

전원을 제외한 모든 곳이 어둠에 잠겨 모두가 잠이 든 듯 보이는 이곳의 후원 대청은 전혀 그렇지 않았다.

천금수왕 옥도패.

그가 대청에서 서너 명의 사람들에게서 보고를 받고 있었던 것이다.

대낮처럼 환히 대청 사방에 굵은 황초가 불을 밝히고 있는 가운데, 오십대 후반의 청삼노인이 창백한 얼굴로 고개를 떨구고 있었다.

"멍청하게! 자금을 가지고도 물건을 구하지 못한다면 대체 뭐 하러 이 자리에 있는 건가?"

"이미 주인이 있는, 계약된 물건인지라……."

"주인? 상도의를 찾겠단 건가? 지금?!"

천금수왕 옥도패가 두 눈을 부릅떴다.

"그게 아니라…… 그 물건을 억지로 구하려면 그만한 대가를 치러야 했습니다. 하지만 그렇게 물건을 구하면 이득은커녕 막대한 손해를……."

"닥쳐!"

천금수왕 옥도패가 노성을 질렀다.

생각대로였으면 그가 내려친 앞의 탁자는 두 쪽이 되었어야 했겠지만 일반 상인들 앞에서 굳이 무공을 과시할 이유는 없었다.

"그걸 말이라고 하나? 내가 뭐라고 했던가? 무슨 수를 쓰더라도 그 비단들은 모두 확보하도록 하지 않았던가!"

"그렇습니다만……."

"눈앞의 손해에 연연해서 대체 무슨 일을 할 수 있겠나? 한심한 위인 같으니, 장 방주(莊坊主)! 자네가 이 일을 대신 처리하게."

방주(坊主)란 상행의 우두머리를 이름이다.

"알겠습니다."

황삼의 중년 후반인이 고개를 숙였다.

"대, 대야…… 한 번만."

청삼노인이 질린 기색으로 입을 열었으나 천금수왕 옥도패는 차갑게 말을 잘랐다.

"나머지는 표행인가?"

"예, 지금 개봉을 향해 오고 있습니다. 그것만 처리하면 송왕부는 아무리 몸부림쳐도 소생할 방도가 없습니다."

"그걸로 끝은 아니지."

천금수왕 옥도패가 싸늘히 중얼거렸다.

"그, 그럼 또 무슨 일이……."

"그거까지 자네들이 알 것 없네. 그 정도로 송왕부가 문을 닫을 것 같았다면 굳이 내가 나설 필요도 없었지. 비단과 포목들, 기름과 나머지 모두 지금 당장 점검하게. 문제가 생기면 다시는 상계에 발을 붙이지 못할 줄 알고!"

"알겠습니다!"

이미 눈앞에서 상계의 고주(雇主:商行의 책임자) 한 사람이 옷을 벗는 걸 본 다음이다. 그의 한마디면 평생을 쌓았던 부가 물거품이 될 판이니 모두가 나이에 걸맞지 않게 메뚜기처럼 뛰어 일어났다.

그들이 뛰쳐나가는 걸 천금수왕 옥도패는 차가운 눈빛으로 바라보고 있었다.

'쓸모없는 것들…….'

그는 열린 대청 후원 문을 통해 보이는 밤하늘을 보았다.

"지금쯤이면 개봉부로 간 송왕의 얼굴이 볼 만하게 변했겠군……."

그가 회심의 미소를 지을 때였다.

"으악!"

난데없이 장원 앞쪽에서 처절한 비명이 터져 나왔다.

그 소리는 소름이 끼칠 정도로 적나라하고 공포스러워 모골이 절로 송연해졌다.

"이게 무슨 소리지?"

천금수왕 옥도패가 고개를 들었다.

"으아악!"

다시금 들리는 비명!

그 소리는 더 가까워 장원의 전원에서 들려왔다.

"대체 이건?"

천금수왕 옥도패가 벌떡 일어났다.

심상치 않은 기운이 급격히 다가옴이 느껴졌기 때문이다.

순간, 쾅!

후원 앞쪽에서 강력한 폭음이 터져 나왔다.

'이게 무슨 일이냐?'

천금수왕 옥도패의 안색이 돌변했다.

무엇인가가 무섭게 다가오고 있었다. 그 속도는 말 그대로 가공무쌍했다. 그냥 날아와도 저런 빠르기는 힘들 터였다. 그런데 지금 이곳에는 그를 보호하기 위한 고수들이 병풍처럼 늘어서 있었고, 그들이 미치지 않았다면 누군가가 난입하는 걸 그냥 두고 볼 리가 없었다.

한데도 저런 속도로라니…….

"으아…… 아악!"

터지는 비명!

쾅!

눈앞의 전원과 후원을 가르는 담장이 폭죽처럼 터져 나갔다. 그리고 날아드는 검은 그림자.

"저게 뭐냐?"

그것을 본 천금수왕 옥도패는 놀라 눈을 부릅떴다.

정말 생각하지도 못한 존재가 그를 향해 날아오고 있었던 것이다.

그것은 허공에 떠 있었다.

검은 기운이 암흑의 구름처럼, 죽음의 나래처럼 그것을 온통 덮고도 모자라 펄럭거리면서 사방으로 소용돌이쳤다. 거기에 휩쓸린 주변 나무들은 생명을 잃고 칙칙, 소리를 내면서 타 들어갔다.

까악, 까아악!

푸드득거리며 날아오른 밤새들은 미친 듯 울부짖으며 사방으로 날아다녔다.

까마귀들의 찢어지는 비명이 어찌 이 밤중에…….

시뻘건 귀광(鬼光)!

그 사람 같지 않은 것은 눈빛으로 보이는 시뻘건 귀광을 뿌려 주위를 훑어보았다.

그것을 보자 모두가 놀라 굳어졌다.

훌훌 일제히 모습을 드러내면서 그를 막으려 했던 매복한 고수들도 놀라 감히 움직일 수가 없었다.

"천—금—수—와앙……."

괴물에게서 끔찍한 음성이 흘러나왔다.

칠흑 같은 어둠이 너울거리는 가운데 쏟아지는 시뻘건 두 줄기 광채!

그 공포스러운 안광에 노출되자 천금수왕 옥도패는 소름이 끼쳤다.

"크윽!"

그의 얼굴이 일그러졌다.

자신을 부름을 듣자, 심금(心琴)이 진동하면서 자신도 모르게 한 걸음 앞으로 나서려고 함에 대경실색한 것이다. 고수가 되면 심지가 굳어진다. 그렇지 않다면 절기를 수련할 수가 없기에. 그런데 부름 한마디에 혼백이 뒤흔들리는 듯하다니?

"노, 놈을 막아!"

뭔지 모르지만 일단 마주하면 안 될 놈이라는 것을 그는 직감하고 소리쳤다. 대체 어떻게 자신을 알고 찾아온 건지는 모르지만, 놈은 부딪쳐서 이득을 볼 수 있는 존재가 아니었다.

천금수왕이 고함을 지르며 발을 구르자 얼이 빠졌던 자들도 일순간 정신을 차릴 수 있었다.

하지만 그뿐이었다.

앞선 자 몇이 그 괴물, 일명의 앞을 가로막으려 하다가 일명의 손짓에 피떡이 되어 날아가는 것을 보자 모두 석상이 되어버리고 말았다.

붉은 빛줄기가 되어 일명은 어둠을 가르며 그렇게 후원 대청을 향해 날아들었다.

"타—앗!"

"멈춰랏!"

고함, 기합이 잇달아 터졌다.

일명이 대청 안으로 들어서는 순간에 위에서 아래에서 그를 향해 다섯 줄기의 공세가 날아들었다.

바로 숨어 있던 천금수왕의 수신호위인 금왕오위였다.

펑…….
가죽 북을 치는 듯한 소리.
"헉?"
일명을 친 금왕삼위가 눈을 부릅떴다.
일명은 아예 피할 생각조차 하지 않고 달려들고 있었다.
오히려 그를 친 손이 으스러지는 것 같자 그는 심상치 않음을 직감하고 번개처럼 뒤로 물러나려고 했다. 그러나 그것은 그의 생각일 따름이었다.
퍽!
섬뜩한 음향과 함께 그는 목이 부러져 땅바닥에 내동댕이쳐지고 말았다.
놀랍게도 일명은 앞을 막은 그의 목을 움켜잡은 다음 목을 꺾어 그대로 땅바닥에다 패대기를 쳐버린 것이다. 형용조차 하기 어려운 소리와 함께 그의 전신은 대청바닥에서 어육이 되어 문드러져 버렸다. 사방으로 핏물이 폭죽처럼 튕겨났다.
이 상상할 수도 없는 엽기적인 위력을 본 천금수왕 옥도패는 아예 상대하고픈 생각 자체가 사라져 버렸다. 그가 왜 자신을 찾아왔는지 알고 싶지도 않았다.
상대의 기세는 말 그대로 문답무용(問答無用), 말이 필요없는 상황이었기에.
펑, 펑!
폭음과 함께 일명을 공격하던 금왕오위가 모조리 다 튕겨났다.
쾅!
그리고 방금까지 천금수왕 옥도패가 있던 의자가 박살이 나 날아갔다.

"크으으…… 감히 도망가려고?"

일명이 이를 갈았다.

눈에서 혈광이 줄기줄기 쏟아졌다. 핏줄이 이마와 얼굴 전체를 덮고도 모자라 벌떡거렸다. 전신은 검은 기운으로 휘감겼다. 거기에 산발을 하고 있어 긴 머리카락이 휘날리고 있으니 일명을 아는 누구라도 그를 알아보기 어려웠고, 아는 자라 할지라도 그 공포스러움에 감히 움직일 수조차 없을 지경이었다.

그가 노려보는 자리.

방금까지 천금수왕 옥도패가 있던, 의자가 있던 그 자리에는 시커먼 구멍 하나가 드러나 있었다. 찰나간에 맞상대하기 어렵다고 판단하자마자 비밀 통로를 통해 도주해 버린 것이다.

콰콰!

일명은 폭음과 함께 그 통로로 뛰어들었다.

공포스러운 추격이 시작된 것이다.

둘째 마당

"사, 사람이 아니었어요……."

상인이 하얗게 질려서 더듬거렸다.

얼마나 놀랐는지 철퍼덕 주저앉아서 일어나지도 못했다.

그럴 수밖에 없어 보였다.

주변이 온통 피벼락을 맞은 듯했다.

목이 꺾어진 자, 목이 날아가 나무에 걸려 아직도 피가 쏟아진다. 칠공에서 피를 뿜어내면서 죽어 넘어진 자. 반신이 으스러져 어육이 되어 죽은 자…….

지옥도(地獄圖)가 따로 없었다.

"사, 사람의 목을…… 손도 안 대고 뽑아내는……."

노년의 상인은 절레절레 머리를 흔들어댔다.

"아미타불…… 대체 어떻게 이런 일이……."

그의 혈도를 눌러 놀란 마음을 안돈시킨 광승은 머리를 흔들었다.

지금 상황을 보자면 일명의 천살지기가 발동하여 폭주한 것이 틀림없는 듯했다.

그러나 그건 이해가 가지 않는 일이었다.

이미 이중삼중의 금제가 가해졌다. 그걸 광승 심주는 잘 알고 있었다.

그런데 어떻게 이런 일이…….

* * *

개봉부(開封府).

개봉은 하남의 중심이다.

역대의 수도였던 이 개봉을 다스리는 지부(知府) 송효권은 굳은 얼굴로 방 안을 서성이고 있었다.

개봉부의 지부라면 정사품.

개봉 일대의 형옥(刑獄)에서 경제까지 모든 것을 관장하는 사람이다. 그런 사람이 이 밤에 굳은 얼굴로 좌불안석하고 있음은 뭔가 심상치 않은 일이 있음을 의미함에 다름이 아니다.

"지부대인."

밖에서 다급한 음성이 들려왔다.

"모추관인가?"

열리고 사십대 후반의 날렵한 생김을 한 관인(官人)이 들어왔다.

"왕야께서 찾고 계십니다."

"없다고 하라고 하지 않았나?"

지부 송효권이 발을 구르며 꾸짖었다.
개봉부의 추관 모사달이 난감한 표정으로 답했다.
"그게, 이미 알고 오신 거라……."
시간도 시간이었다.
이 밤에 어딜 갔다고 둘러댈 것인가.
둘러댄다고 해결될 일도, 그것에 속아 돌아갈 사람도 아니었다. 다른 사람이 아닌 송왕이 찾아온 거라면, 그걸 알면서도 지부 송효관은 그를 만나고 싶지 않았다.

"기다리시게 하여 황공합니다, 왕야."
개봉 지부 송효권은 대청으로 들어서면서 허리를 굽혔다.
정사품의 관리라 하나, 직계 황족의 앞에서 어찌 허리를 세울 수가 있을 것인가. 더구나 상대는 보통의 왕이 아닌 송왕이었다. 그가 어떤 사람인지는 지부 생활 이 년이나 된 그가 모를 리가 없다.
대청 팔선탁에 앉아 송왕 주대진은 그를 기다리고 있었다.
그의 앞에는 찻잔이 놓여 있었지만 찻잔에 손도 대지 않은 채였다. 그가 좋아하는 안계 철관음(鐵觀音)임에도. 송왕 주대진은 나무를 깎은 듯 무표정한 얼굴이었다.
"얼굴 보기가 어렵군."
송왕 주대진이 그를 보자 말했다.
"황공합니다."
개봉 지부 송효관이 한쪽 무릎을 꿇고서 머리를 조아렸다.
직접적으로 이렇게 나올 줄은 몰랐기 때문에 당황스러움은 더했다.

"말을 돌릴 필요는 없겠군. 돈을 내놓게."

송왕 주대진의 말에 개봉 지부 송효관의 얼굴이 굳어졌다.

"돈이라시면……."

"전언(傳言)에 따르면, 본 왕부가 맡겨놓은 돈을 돌려달라는 말에 그럴 수 없다고 했다면서?"

"아, 그거…… 그럴 리가 있겠습니까?"

송효관은 머리를 저어 부정했다.

"아니라고?"

"전달에 오해가 있었던 모양입니다. 지금 부내의 재정이 넉넉지 않아 당장 어쩔 수가 없다고 잠시 말미를 달라고 했을 뿐입니다."

"그런가?"

"물론입니다. 어찌 감히……."

"그렇다면 지금 이 자리에서 내놓게."

"그, 그건……."

"왜? 지금은 곤란한가?"

"말씀드렸듯이 재정 상태가 그런 거금을 갑자기 내놓을 수가 없……."

"그렇다면 전장에서 발행하는 관인 어음을 쓰게."

"……."

송효관은 말문이 막혔다.

관인 어음이라면 개봉부가 보증하는 일종의 국가 채권과 같은 것이 된다. 나라가 보증하는 것이니 무조건 현금화할 수 있다. 마구 발행할 순 없는 것이지만 급한 돈은 충분히 대체가 가능한 수단이다.

"후, 그러시다면 내일 사람을 시켜서……."

잠시 난처한 표정이었던 송효관이 머뭇거리면서 말을 꺼냈다.

"지금 이 자리에서 받지. 잊지 말게. 이건 빌리는 게 아니라, 개봉부에 빌려준 것을 돌려받는 것뿐이니."

송왕 주대진이 못을 박았다.

그 말에 변명이나 반박의 말은 할 수 없었다.

작년, 수해가 났을 때 재정이 달려 송왕이 도움을 주었었다. 그 돈 중 일부는 송왕이 그냥 쾌척했고 나머지는 거의 무이자로 개봉부에 빌려주었었다. 물론 그 뒤로 송왕부의 사업에 여러 가지 편의를 최대한 봐주었지만, 그로 인해서 개봉 지부 송효관은 막대한 득을 본 것이 사실이었다.

신세를 진 것이다.

그런 돈의 주인이 그 돈을 돌려달라고 말하고 있었다.

누가 봐도 재론의 여지가 없이 돈을 돌려주어야 했다.

식은땀이 송효관의 이마에 돋아나기 시작한다.

"돌려주기 싫은가?"

"그, 그게 아니라……."

송효관 이마의 땀방울이 더욱 굵어졌다.

"누구냐?"

갑자기 송왕 주대진의 말투가 달라졌다.

"예?"

그의 돌변한 기세에 얼떨떨해진 송효관이 그를 바라보았다.

"누가 송 지부를 압박하고 있나? 황궁에서 내려온 밀사인가?"

"그, 그걸……!"

부지간에 입을 연 송효관이 놀라 입을 다물었다.

실수였지만 돌이킬 수 없는 일.

"내가 아는 송효관은 대인대의한 사람은 아닐지 몰라도, 불의한 사람이나 간교한 사람은 아니었다. 이런 말도 안 되는 짓을 스스로 할 리는 없을 터이니, 압박을 한 사람이 있었겠지. 하지만 사람이란 때론 자리를 걸고서라도 하지 않으면 안 될 일이 있는 법이다."

송왕 주대진은 눈을 부릅떴다.

"송 지부. 넌 선택을 잘못했다!"

그의 전신에서 강력한 기세가 일었다.

문관인 송효관이 버틸 수 없는 압도적인 기세였다.

"이 자리에서 죽겠느냐? 아니면 전표를 쓰겠느냐?"

송왕 주대진의 압박에 송효관은 이를 악물며 말했다.

"소, 소관은 황상의 칙명에 의해 임명된 정사품 관리입니다. 아무리 왕야이실지라도 소관을 죽일 수는……!"

채앵!

날카로운 음향이 일순 울리는가 싶은 순간에 섬뜩한 빛줄기와 함께 서슬 퍼런 보검이 송효관의 목에 바짝 달라붙었다. 눈에 보이지도 않는 빠르기였다.

"너를 죽이지 못할 것 같으냐? 시험해 보고 싶다면 얼마든지."

검날이 선뜻 목으로 파고들었다.

붉은 선혈이 대뜸 목을 타고 흘러내렸다.

"와, 왕야!"

당황한 송효관이 사색이 되어 외쳤다.

"……."

하지만 송왕 주대진의 얼굴에는 미동도 없었다.

살기도 없다. 그러나 송효관은 그가 충분히 자신을 죽일 수 있음을 느낄 수 있었다. 그의 목으로 파고드는 서슬 퍼런 검날은 그것을 확인하고도 남음이 있었으니까.

게다가 송왕 주대진은 충분히 그럴 수 있는 사람이었다.

"……."

개봉 지부 송효관은 망연자실하여 탁자에 앉아 있었다.

반쯤 넋을 놓고 늘어져 있다고 해야 맞을까.

"어떻게 하든 사흘 이상의 시간을 반드시 끌어야 한다고 했는데…… 하루를 버티지 못했으니……."

중얼거리는 그의 얼굴은 창백했다.

생각만 해도 정신이 없었다.

문관인 그로서는 송왕 주대진과 맞서기에는 그릇의 차이가 너무 컸다. 송왕에게도 면목을 세우지 못했고, 그렇다고 황제의 명을 완수한 것도 아니었다. 말 그대로 최악이었다.

송왕 주대진은 명초의 연왕에 버금가는 사람이었다.

하지만 지금은 명초가 아니고 황권도 굳건했다. 그간 그가 본 송왕은 역심을 품을 사람도 아니었다.

대체 무슨 일이 일어나고 있는 것일까.

그는 한숨만을 길게 내쉴 뿐이었다.

"사흘간 자리를 피하라고 일렀건만 멍청하게……."

무표정한 얼굴로 중얼거리는 백의인의 안색은 싸늘히 굳어 있었다. 지부 송효관이 있는 대청을 보는 그의 백의를 밤바람이 흔들었다.

"이렇게 되면 어쩔 수 없지. 이렇게까지 하고 싶진 않았는데……."
그는 인상을 찡그리더니 몸을 날렸다.
송왕부가 있는 쪽이었다.

셋째 마당

송왕부 후전.

운영전(雲英殿)이라 이름하는 이곳.

송왕부의 지밀(至密)이라 할 수 있는 이곳은 송왕부의 안주인인 왕비 인청청이 거처하는 곳이다.

밤이 깊어감에도 운영전의 불은 꺼지지 않았다.

대청에 그린 듯 앉아 있는 그녀는 조용한 손놀림으로 수를 놓고 있었다.

앞 탁자에 가져다 놓은 차는 식은 지 오래다.

그럼에도 그녀는 앉은 자세를 허물지 않고 쉼없이 수를 놓고 있을 따름이다.

세간에 이름 높은 송왕비의 봉황 자수.

세필로 채색을 한 듯한 날개가 그녀의 손길에서 피어오르고 있는 중이었다. 누가 본다면 수놓기에 골몰하는 모습처럼 보였다.

그러나 후원 정원에서 그녀를 지켜보는 운혜군주 주지약은 고요히 흐르는 것 같은 그녀의 손끝이 처음부터 조금씩 떨리고 있음을 알고 있었다. 평소답지 않게.

'걱정하지 않으셔도 돼요.'

주지약은 그녀를 지켜보면서 속으로 중얼거렸다.

아직 송왕은 돌아오지 않았다.

하지만 그녀의 아버지인 송왕은 어려움에 무너질 사람이 아니었다. 지금까지 그러했고, 앞으로도 그럴 것이었다. 운혜군주 주지약은 어릴 때나 지금이나 아버지의 태산 같은 든든함을 믿고 있었다.

비록 지금이 다시없이 어려운 시기라 할지라도.

어머니를 뒤로 남겨두고 그녀는 자신의 거처로 향했다.

이 며칠은 너무 힘들었기에 잠시 쉬려는 것이다. 어머니인 왕비 인청청은 현모양처라고 알려진 그녀답게 아무리 말려도 송왕이 돌아오기 전까지는 저렇게 자리를 지키고 있을 터였다.

그런데.

막 자신의 거처에 당도한 그녀의 안색이 살짝 굳어졌다.

주위를 슬쩍 둘러보던 그녀는 몸을 날려 어둠 속으로 사라졌다.

그리고 그녀가 나타난 곳은 자신의 거처에서 얼마 떨어져 있지 않는 후원 정자, 문향각.

어둠이 깃든 문향각은 고요하고도 그윽하게 아름다웠다.

망설임없이 문향각으로 오른 그녀는 주위를 돌아보았다.

마치 누구를 찾는 듯한 몸짓.

그때 검은 옷, 야행의로 전신을 감싼 흑의인 하나가 그녀의 앞에 모습을 드러냈다.

흑의는 수려한 그의 얼굴을 더욱 돋보이게 하는 듯했다.

"탁 대가, 정말 당신이군요."

그를 본 운혜군주 주지약의 얼굴에 웃음이 떠올랐다.

"갑자기 찾아와서 실례가 된 게 아닌가 모르겠소."

흑의청년, 탁검룡이 웃으며 말했다.

"별말씀을요, 그런데 어쩐 일로 기별도 하지 않고……."

주지약이 그를 보면서 물었다.

원래 거처로 들어가던 그녀는 전음입밀의 수법으로 전해진 탁검룡의 음성에 이곳으로 온 것이다.

"일이 좀 난감하게 되어……."

갑자기 그는 안색을 굳혔다.

"급히 말할 것이 있어서 남의 눈을 피해서 왔소."

그는 뒷짐을 진 채로 잠시 머뭇거렸다. 쉽게 입을 열지 못하는 안색은 침중하여 심중의 복잡함이 그대로 드러나는 듯 보였다.

"무슨 일이기에 그렇게 망설이는 거지요?"

"후우…… 기왕 여기까지 왔으니 무엇을 망설이겠소? 요즘 송왕부가 처한 문제들은 내가 뒤에서 조종하고 있소."

주지약의 눈이 동그래졌다.

"그게 무슨 말씀인가요?"

"그제 내가 찾아왔을 때 했던 말을 기억할 거요. 일이 있어서 왔다는 말. 그게 바로 송왕부에 관련된 일이었소. 그 일이라는 것이 바로 송왕부의 재정을 무너뜨려 파탄을 드러내게 만드는 것이오."

"그런……!"

너무도 뜻밖의 일에 주지약의 안색이 창백해졌다.

말이 나오지 않았다. 그 일의 배후가 다른 사람이 아닌 탁검룡이라니…….

탁검룡은 길게 한숨을 내쉬었다.

"사실 나는 병부의 사람이기도 하지만, 내부적으로 황상의 지밀근위(至密近衛)라는 비밀스러운 신분을 가지고 있소. 황상께서 명하시면 나로서는 그 전교(傳敎)를 감히 거역할 수가 없음을 이해하여 주면 고맙겠소."

"황상께서 직접 이 일을 명하셨단 말인가요?"

"그렇소."

"어찌 그러실 수가……."

주지약은 벌린 입을 다물지 못했다.

늘 곁에서 보던 황제는 큰 그릇은 아니었지만 좋은 사람이었다. 최소한 그녀에게만은. 그런데 송왕부를 공격하라는 특사까지 직접 보냈다니 놀라지 않을 수가 없는 것이다.

"명을 받고 와서 약 매가 이 자리에 있음을 보고 영 마음이 편치 못했소. 하지만 송왕 전하께서 워낙 능력이 뛰어나시니, 나로서도 더 이상 그분을 곤란하게 하기 어렵게 되어 물러날 참이었소."

"그럼 문책을 받게 될 텐데……."

"그거야 어쩔 수 없는 일이지 않겠소. 그런데……."

그가 미간을 찡그렸다.

"문제가 생겼소."

"무슨?"

"송왕 전하의 능력을 알고 있는 황상께서 또 다른 사람을 보내신 듯하오. 좀 전 송왕께서 개봉부에 맡겨두셨던 돈을 찾아가신 걸로 사실 이번 작전은 실패로 돌아간 셈이라고 생각했었소. 하지만 암중에 도착한 밀사가 송왕부의 표행을 습격할 모양이오."

"표행을?"

주지약의 안색이 달라졌다.

"모르고 있었소? 송왕부에서 비단과 기름, 서역 물자까지를 한꺼번에 휘상(徽商)과 거래하기로 한 표물이 오늘 밤 주선진에 도달하게 되오. 만약 그 표행을 덮쳐서 없애 버리면 송왕부는 버티기 어려울 거요. 내가 경사로 돌아가 문책당하는 것으로 끝내려 했는데……."

"그게 어떻게 새어나간……."

주지약의 얼굴은 하얗게 질려 버렸다.

그 표행은 송왕이 추진한 회심의 일격이었다.

겉으로는 쩔쩔매고 있지만 실제로는 주선진에 도달하게 될 표행의 물건이 휘상에 넘어가기만 하면 지금보다 두 배의 타격이 있다고 할지라도 버티고 남을 엄청난 물량이었던 것이다. 극비를 요하는 일이라서 송왕부 내에서도 그 일을 아는 사람은 몇 없을 정도인 일이다. 상대방인 휘상에서도 전달받기 전까지는 물건이 어디로 오는지는 알지 못했다.

"표행에 문제가 생겨 송왕부가 경제력을 잃어버리면…… 아마 다음 단계로 들어갈 가능성이 있을 것이오."

그 다음 단계가 뭔지 물어봐야 알 정도로 운혜군주 주지약은 아둔하지 않았다. 그 옛날 한의 조조가 처음 시행했던 삭번(削藩)이 실행될 것이 너무 자명했다.

"이해가 안 되네요. 부왕께선 아무런 욕심도 없고, 황상에 대한 충정이 남다르신데……."

"원래 수욕정이풍부지(樹欲靜而風不止)라 하여 나무는 가만히 있고자 하나 바람이 그냥 두지 않는다고 하지 않소? 송왕 전하의 능력이 너무 출중하니 조용히 계셔도 많은 사람들이 경계를 하는 것이오."

"……."

주지약은 입술을 물었다.

송왕은 아직 돌아오지 않았다.

그렇다고 이 상황에서 그가 돌아올 때까지 기다릴 수만은 없는 일이었다.

"지금 약 매가 동원할 수 있는 힘은 어느 정도요?"

"그리 많지 않아요."

"그들을 소집해서 지금 출발하도록 합시다."

"탁 대가께선?"

"나는 공개적으로 나설 순 없지만 복면을 하면 다른 사람이 알아볼 수 없을 거요. 한 팔 힘이라도 거들겠소."

"그러다 만약 잘못되면 황상께……."

"당신을 위해서라면 그 정도 위험을 어찌 마다하겠소?"

"탁 대가……."

주지약의 눈빛이 흔들렸다.

가슴이 뭉클, 뜨거운 기운이 목을 뜨겁게 했다.

탁검룡이 그녀의 손을 잡았다.

"……."

움찔, 주지약의 어깨가 떨렸다.

두 사람의 눈이 허공을 사이에 두고 얽혔다.

하늘에는 달빛이 고즈넉하고 밤바람은 소리없이 연못을 찰랑였다. 연꽃 향이 은은히 바람을 타고 주위를 맴돌았다.

"어서 준비해서 가야 하오. 시간이 없소."

나직이 한숨을 쉰 탁검룡이 마지못해 그녀를 재촉했다.

"알았어요."

주지약은 입술을 문 채로 고개를 끄덕였다.

지체할 시간이 없음을 그녀도 잘 알고 있었다.

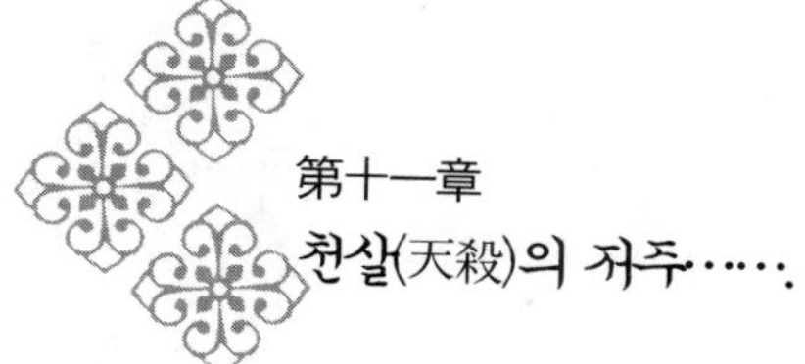

第十一章
천살(天殺)의 저주…….

첫째 마당

주선진(朱仙陳)은 유서 깊은 곳이다.

고대 사대 군사 요충지인 곳답게 송대의 악비가 금군을 대파한 곳이며, 거기서 조금 떨어진 진교는 송태조 조광윤이 기병한 소위 황포가신(黃袍加身)의 고사가 생겨난 곳이기도 하다.

고대의 백화(百貨:온갖 물품들)가 모여들던 요충지.

오늘 밤 그 요충은 심상치 않은 기운으로 무겁기만 했다.

덜컥거리는 수레바퀴 소리.

말들은 마차를 끌면서 숨가쁘게 걸음을 내딛고 있었다.

좀 빠른 걸음이긴 하지만 달리고 있는 것이 아님에도 가쁜 숨을 내쉬고 있음은 그 말들이 먼 길을 달려왔음을 의미한다. 그것을 말하듯 수레나 사람들 모두가 흰 먼지를 뽀얗게 뒤집어쓴 상태였다.

길게 늘어선 수레의 행렬은 수십 대가 넘었다.

보통 이런 표행은 밤이 되기 전에 자리를 찾아 쉬게 된다. 정말 급한 일이 아니라면 밤을 도와 길을 재촉하는 경우가 없는 것이다. 그러나 이 행렬은 달랐다.

그들의 목적지가 바로 이 주선진이었기 때문이다.

목적지인 주선진의 성화장(成華莊)은 이제 눈앞에 모습을 드러낸 상태였다. 성화장은 담이 높이 솟아 있는 거대한 장원이 아니었다. 목책과 나무 등으로 담장이 만들어져 있긴 하지만 실제로는 주변 마을이 모인 농원(農園)이라 해야 옳을 그런 곳이었다.

전형적인 시골 장원이라고나 할까.

어둠 속에서 저 멀리 성화장의 모습이 보일 때였다.

"악!"

"으악—악!"

갑자기 뒤에서 단말마의 비명이 터져 나왔다.

"무슨 일이냐?"

일행을 이끌고 있던 행수(行首) 장동백은 놀라 뒤를 돌아보았다.

어둠 속, 후미가 혼란을 일으키고 있었다.

"무슨 일인지 알아보게!"

옆에 있던 표객(鏢客) 번천수 혁전에게 급히 명을 내렸다. 번천수 혁전은 강호의 일류고수라고 할 수 있는 인물로서 이 표행의 호위를 맡은 중심 인물 중 하나다.

그러나 그가 채 몸을 날리기도 전이었다.

히이히히힝—

구슬픈 울음을 터뜨리면서 앞서 가던 말이 거꾸러졌다.

그리고 말 위에 타고 있던 기수도 피를 뿌리면서 굴러 떨어졌다.

그것이 시작이었다.

악몽의 시작은.

표행은 하나가 아니었다.

동남서에서 밀려온 표행은 모두 세 갈래였고 각 표행마다 마차가 적게는 열 대, 많게는 사십 대가 넘는 큰 행렬이었다. 행수 장동백이 이끌고 온 마지막 표행은 상인들과 짐꾼의 숫자만 백 명이 넘었고 호위무사들의 숫자도 오십 명이 넘었다.

그런 그들이 최종 목적지 부근에서 만날 수 있었던 것은 미리 연락을 취하면서 행보를 조절했기에 가능했다.

성화장의 앞에서 합류하게 된 그들의 인원만 사백 명을 넘어 그 위세는 결코 만만한 것이 아니었다. 혹시나 하여 암중에 모습을 드러내지 않은 호위대까지 동행을 하고 있는 판이었다.

"으악!"

"으아아―악!"

사방에서 터져 나오는 처절한 비명.

어둠을 수놓으며 핏줄기가 사방에서 솟구쳤다.

"어떻게 된 건가? 호위대는 어디 있기에 나타나질 않아?"

호위무사들이 동분서주하지만 연달아 쓰러지고 있는 것은 그들과 상인들임을 보자 다급한 행수 장동백이 소리쳤다. 표행이 위기에 빠지면 바로 나타나야 할 그들이었다. 사방에서 흑의인들이 죽음을 몰고 오는 사신처럼 너울너울 움직이며 피를 뿌리고 있었다.

그때 한 사람이 어둠 속에서 달려왔다.

흑의 경장을 한 사십대 장한.

전신에 피칠을 한 그는 장동백에게로 달려오며 소리쳤다.

"어서 성화장으로 피하십시오!"

"어떻게 된 일인가? 호위대는?"

"적에게 습격을 당했습니다. 암중에 중독이 되는 바람에 채 실력도 발휘하지 못하고…… 어서 사람들을 성화장으로 모아 구원군이 올 때까지 버티면서 저항해야 합니다."

그는 비틀거리면서도 장동백에게로 달려드는 흑의인 하나를 수중의 언월도를 휘둘러 격퇴하곤 그의 앞을 막아섰다.

그의 말에 장동백의 안색이 창백해졌다.

"독에 당했다고?"

있을 수 없는 일이었다.

암중 호위대의 존재는 표행 내에서도 그를 제외하면 아무도 모르는 일이었다.

그런데 그들을 먼저 습격했다면…….

얼핏 둘러보아도 적의 숫자는 이백이 훨씬 넘어 보였다.

일인 오 개 조로 보이는 개개인이 모두 고수라는 건 한눈에 알 수 있을 정도였다. 표행의 호위무사들은 어둠 속에서 섬광이 번뜩일 때마다 계속해서 피를 뿌리고 있었다. 시간을 끈다면 전멸을 면할 수가 없을 것임이 틀림없었다.

"어떻게 그런 일이! 당신 외에는 모두가 당했단 말이오?"

"손쓸 사이도 없이…… 지체할 시간이 없습니다."

으악!

크아아…….

그사이에도 표행에서는 계속해서 비명이 터져 나오고 있었다.

"앞으로! 성화장으로 들어가라! 모두 서둘러서 전진하라……."

장동백은 목청을 돋우어 소리쳤지만 누구도 그쪽으로 갈 수가 없었다. 옆에서 살기를 머금은 칼날이 날아드는데 어찌 외면한 채로 전진할 수가 있을까.

흑의인들의 손은 맵고도 잔인했다.

물건을 뺏기 위함이 아니라 모두를 죽여 없애려는 듯 일말의 사정도 보지 않았다.

죽음이 시시각각 모두의 눈앞으로 닥쳐들고 있었다.

눈앞에서 피가 튀고 살이 갈라졌다.

절망…….

변고는, 변화는 바로 그 순간 일어났다.

"지독한 괴물……."

천금수왕 옥도패는 진저리를 쳤다.

그는 세상에 알려진 것보다 더한 고수였다.

그럼에도 불구하고 감히 그 괴물과는 상대할 수가 없었다. 처음부터 뒤도 돌아보지 않고 도망쳤다. 그러나 벽으로 막아도 사람으로 막아도 숨 쉴 틈도 없이 쫓아오는 놈을 보고 그냥 있을 그가 아니었다.

함정으로 유인해서 죽이려고 했다.

그러나 어림도 없었다.

강철로 된 벽을 종잇장처럼 찢어발기면서 함정을 뚫고 나오는 것을 본 그는 아끼던 진천뢰를 사정없이 터뜨리고는 뒤도 돌아보지 않고 냅다 도망친 판이었다.

죽었다면 따라오지 않을 것이고, 살았다면 쫓아올 것이니 생사 여부를 살피다간 자칫 잡히는 수가 있을 것 같아 혼비백산, 도주하고 있음을 누가 짐작이라도 하랴. 평소 그를 아는 사람이라면 누구라도 믿지 못할 일이 벌어지고 있는 것이다.

"저건?"

그의 눈이 이채를 띠었다.

눈앞 사방에서 비명이 터져 나오고 여기저기에서 어둠을 뚫고 검광도기가 난무하고 있음이 보였다.

'이런! 하필이면 이곳으로 오다니…….'

그는 어둠 속에 길게 늘어선 마차와 행렬 등을 보고는 자신이 주선진까지 온 것임을 알게 되었다.

'차라리 잘되었군!'

그는 망설이지 않고 그곳을 향해 몸을 날리기 시작했다.

수신호위고 뭐고 아무도 따라오지 못했다. 그저 죽어라 숨이 턱에 닿도록 도주하고 있었을 뿐인 것이다.

저 행렬의 습격은 그가 안배한 것이었다.

그가 은밀히 기른 금왕단(金王團)과 암살을 전문으로 하는 살수들. 살수들은 사방에 매복해서 독을 뿌려 미리 적의 예봉을 꺾었고, 지금도 땅바닥과 어둠 속에 숨어서 호위대를 공격하고 있었다.

송왕의 호위대는 약하지 않았다.

그들이라면 어떤 습격도 막아낼 만하였다.

그러나 그런 그들이었지만 금왕단과 맞서면서 암중에 날아드는 살수들의 공격까지 방어할 수는 없었다.

천금수왕은 그런 모든 것들을 다 감안하고 작전을 짠 상태였었다.

다시 말해 이곳에는 그가 키운 세력의 주력이 포진하고 있다고 해야 옳았다. 그러니 그가 반색을 하고 그곳으로 달려갈밖에.

일견해도 이미 전세는 기울어 있었다.

하지만 자신이 그곳으로 감으로 인해 어떤 사태가 벌어질는지를 그는 상상도 하지 못했다.

"크윽!"

장동백의 앞을 가로막고 있던 흑의인이 신음을 흘렸다.

암중 호위대의 대장이었던 그의 가슴에는 비표(飛鏢)가 박혔다. 전신이 피투성이인 그의 수중에 들린 언월도는 이미 피로 물들다 못해서 핏물이 사방으로 흩뿌려지는 상태, 그의 주위에서 행수 장동백을 보호하며 앞으로 이동하고 있던 호위무사들도 악전고투…… 피를 흘리면서 속속 쓰러지고 있었다.

가장 치명적인 것은 역시 어둠 속에 숨어 있다가 기습을 하는 살수들, 그들은 은폐물의 그늘에 숨어 있기도 했지만 땅바닥에 숨어 있다가 기습을 하기도 해서 호위대는 자신의 실력을 제대로 발휘하기가 사실상 불가능한 상황이었다.

피유—웅~ 펑!

뒤쪽에서 화탄 하나가 하늘로 올라 다시금 폭발했다.

구조 신호였다.

습격을 당한 후 이미 서너 차례에 걸친 구조 신호였지만 구원의 손길은 당도하지 않았다.

"여긴 내가 막을 테니 모두 앞으로!"

암중 호위대장, 사자도(獅子刀)라는 별호를 가진 그가 눈을 부릅뜨면서 수중의 언월도를 휘둘러 냈다. 뿌우연 도강과 같은 도기가 사방으로 퍼져 나가면서 앞을 가로막던 자들이 일거에 피바다 속으로 쓰러졌다. 더 이상 가망이 없음을 보자 마지막 진원지기까지 끌어올려 진로를 뚫으려 하는 것이다.

그의 신위에 일순 앞의 포위망이 흔들렸고, 몰릴 데까지 몰린 표행은 앞으로 달려가기 시작했다.

말 그대로 죽음을 무릅쓴 공세!

일순 적의 포위망이 무너지면서 탈출로가 생겨나는 듯했다.

그러나, 앞을 가로막는 모든 것을 거침없이 베어버리며 전진하고 있던 사자도는 누군가가 자신의 앞으로 날아드는 것을 보았다.

그리곤 눈앞을 가득 채우는 보광(寶光)!

탕, 타타타앙…….

사력을 다해 뻗어낸 사자도법의 절초가 막대한 힘에 막혀 흩어짐을 그는 느껴야 했다. 자신과는 비교하기 어려운 고수가 나타났음을 직감했다.

바로 그 순간.

그곳에서 사오 리 떨어진 곳에서는 어둠을 뚫고 일단의 무리가 빠르게 말을 달리고 있었다.

그 방향은 바로 주선진 성화장이 있는 쪽이었다.

퍼엉…….

앞쪽 하늘에서 폭죽 하나가 터졌다.

"지급 구원 요청!"

그것을 본 운혜군주 주지약이 낮게 부르짖었다.

그녀는 탁검룡과 함께 왕부의 고수를 이끌고 표행을 보호하기 위해서 달려나온 참이었다.

"이런, 벌써 늦은 모양이군."

탁검룡의 얼굴이 일그러졌다.

낭패한 기색.

그는 다급한 음성으로 주지약에게 말했다.

"전력을 다해야 늦지 않을 것이오. 내가 먼저 가겠소!"

"아뇨, 같이 가요!"

소리친 주지약은 뒤를 돌아보면서 말했다.

"우리가 먼저 갈 테니 최선을 다해서 뒤쫓아오도록 하라!"

"위험합니다!"

뒤를 따르던 호위 위사장이 다급히 부르짖었다.

하지만 이미 주지약은 탁검룡의 뒤를 따라 눈앞에 보이는 숲 위로 몸을 날린 다음이었다.

그들의 숫자는 약 사십여 명이었지만 주지약의 경공을 따라갈 만한 사람은 없었다.

"이런, 큰일났군! 만에 하나라도 군주마마께서 잘못되시면 우리 모두는 죽은 목숨이다. 모두 빨리 달려라!"

관도는 쭉 뻗은 길이었지만 아무래도 지형의 영향을 받지 않을 수가 없었다.

산 하나를 끼고 나 있는 까닭이다.

하지만 저 숲을 가로지르면 시간을 거의 삼분의 일은 단축할 수가 있을 터였다. 문제는 말을 달려서는 저 숲을 돌파할 수가 없다는 것. 위사장과 몇 사람은 주지약의 뒤를 따라 숲으로 몸을 날렸고, 그 수하고수들은 주선진 성화장 쪽을 향해 박차를 가해 달리기 시작했다. 말들이 발굽을 모아 거친 숨과 함께 내달렸다.

펑!

"크윽!"

사자도는 눈을 부릅뜬 채로 뒤로 튕겨졌다. 날아가 버렸다는 것이 더 올바른 표현이리라.

막강한 일격이 그의 가슴을 쳐 날려 보냈기에.

그 자리에 모습을 드러낸 것은 천금수왕 옥도패였다.

수중의 칠보산으로 사자도의 공세를 막아내고는 그의 힘이 다함을 보자 금왕수로 공격하니, 이미 진원지기를 다 쏟아낸 사자도는 더 이상 견디지 못하고 날아가 버리고 만 것이다.

"뭣들 하고 있나? 빨리 처리하지 못하고!"

천금수왕 옥도패가 눈을 부릅뜬 채로 고함치자 적은 더욱 사납게 공격해 왔고 표행의 사람들은 절망에 빠졌다.

사자도 한 사람의 위력이 얼마나 강력한지 그들은 이미 알고 있었다. 암중 호위대가 전멸한 가운데에도 그가 나타나면서 겨우 전세를 회복하여 앞으로 전진하던 마당이었다.

그런데 그런 그를 불과 두어 수 만에 날려 버리는 것을 보자 기가 질리지 않을 수가 없었다.

"천금수왕……."

그를 알아본 행수 장동백의 얼굴은 사색이 되었다.

천금수왕 옥도패는 상행(商行)의 전설과 같은 존재다. 상인으로서 그를 실제로 본 사람조차 별로 없었다. 힘을 얻고 난 다음, 실제로 모습을 보이기보다는 뒤에서 조종하면서 모든 것을 좌지우지한 까닭이다.

장동백 또한 그를 먼발치에서 한 번 본 적이 있을 따름이었다.

그런데 늘 막후에서 움직이며 정면으로 나타난 적이 없던 그가 이렇듯 직접 나타났다는 것은 상황이 끝났음을 의미한다고 봐도 무방했다.

완벽한 자신이 없다면 나타나지 않을 것이기 때문이다.

다른 사람도 아닌 송왕과 드러내 놓고 적대할 리가 없기에.

"낯이 익군!"

나직한 신음을 흘렸을 뿐인데도 천금수왕 옥도패는 힐끔 장동백을 바라보곤 중얼거렸다.

자신을 아는 자라면 살려둘 수가 없다.

그의 눈에 살기가 깃듦을 본 행수 장동백의 얼굴이 하얗게 질렸다.

그와 자신과의 거리는 사오 장이나 되었다.

그럼에도 눈을 마주치자마자, 무시무시한 기세가 지척처럼 자신을 덮쳐 왔던 것이다. 고개를 돌릴 수도, 침을 삼킬 수도, 눈까지도 깜박거리지 못할 찰나적인 압박!

"……."

하얗게 질린 장동백의 얼굴.

그는 깜박이지도 못하는 눈으로 자신의 눈앞으로 미끄러지듯 바람처럼, 그 거리를 가로질러 날아드는 천금수왕을 바라보고 있을 따름이었다. 자신의 목을 내어주기 위해서 기다리는 것처럼.

앞을 가로막을 사람조차 없었다.

바로 그 순간이었다.

"크흐흐흐…… 겨우 여기까지 왔나?"

뭐라고 형용하기 어려운 사악한 웃음소리가 들려왔다.

듣는 것만으로도 모골이 송연해지는 웃음소리.

모두가 머리끝이 쭈뼛 곤두섰다.

"컥!"

그러나 그 소리에 가장 놀란 사람은 바로 천금수왕 옥도패였다.

그는 그 웃음소리를 듣자 얼굴이 하얗게 질려 버렸다.

그의 눈앞에 있는 행수 장동백의 얼굴보다 더 하얗게 질린 얼굴.

장동백을 치려 이미 그의 앞에 도달했던 천금수왕 옥도패는 앞으로 내딛으려던 발의 발끝을 슬쩍 비틀었다. 그러자 그의 신형이 훌쩍 날아올랐다. 마치 강궁(强弓)을 잡아당겼다가 놓은 듯 무서운 속도로 튕겨져 나가는 것이다.

준비라도 하고 있었던 것처럼 몸을 날린 것이지만 기실 그것이야말로 말 그대로 혼비백산, 뒤도 돌아보지도 않고 줄행랑을 치는 것에 다름이 아니었다.

"으웩!"

그가 그 자리를 떠남과 동시에 장동백은 자신을 찍어누르던 기세가 사라짐을 느끼고 선지피를 토해내면서 그 자리에 주저앉고 말았다. 평범한 상인인 그로서는 절세고수의 심격(心擊)을 도저히 견딜 수가 없었던 것이다.

둘째 마당

"으으……."

천금수왕 옥도패는 신음을 흘렸다.

그처럼 소리를 듣자마자 무섭게 내달렸음에도 불구하고 그의 앞 허공에는 암흑이 너울거리는 기괴한 물체 하나가 떠 있었다.

산발이 되어 어둠 속에 휘날리고 있는 검은 머리카락. 펄럭이는 승포…… 그 주위로 섬뜩하게 퍼지고 있는 검은 기운.

그 기운을 천금수왕이 처음 보았을 때는 주변으로 번지는 것만 보여 공포스러웠었다. 그러나 지금은 저 괴물의 주변이 아닌, 괴물이 있는 그 일대가 모조리 검은 기운에 휘감긴다.

그 범위는 자그마치 십여 장이나 되었다.

게다가 저 눈이면서 눈이 아닌 듯한 시뻘건 핏빛의 눈!

끔찍하게 주위를 잠식하는 저 어둠을 뚫고 쏟아지는 시뻘건 저 혈안을 마주하면 공포와 함께 절로 온몸의 힘이 빠져나간다.

처음 볼 때는 이렇게까지 무섭지는 않았었다. 하지만 두 번, 세 번 볼 때마다 공포는 점점 더 심해졌다.

까아아아……악!

갑자기 소름 끼치는 괴성과 함께 시커먼 물체들이 마구 날아들었다. 요란한 푸드득거리는 소리, 고막이 찢어지는 것만 같다.

"허억!"

공포에 질려 잔뜩 공력을 끌어올린 채로 앞을 경계하던 천금수왕 옥도패는 난데없이 뒤에서 뭔가가 덮쳐 오자 당황하여 옆으로 신형을 비틀며 금왕수를 때려냈다. 손은 이미 완벽히 금빛으로 물들어 강력한 내기(內氣)가 폭풍처럼 쏟아졌고, 손 그림자가 폭발하듯 일었다. 열, 스물…… 수백의 손 그림자는 가공할 위세로 눈앞 일 장여를 온통 휘저어 버렸다.

펑! 퍼펑…….

끼약! 캬아악!

섬뜩한 비명과 괴성이 폭죽처럼 터지며 검은 깃과 핏물이 어둠을 뚫고 튕겨 나갔다.

"이게 뭐냐?"

어지간한 천금수왕 옥도패도 눈앞에 펼쳐진 광경을 보고는 얼굴이 누렇게 떠버렸다.

말 그대로 굳어져 버렸다고나 할까.

그의 일장에 박살이 나 흩어진 것은 놀랍게도 까마귀 떼였다.

이 밤에 까마귀 떼라니?

그것도 몇백 마리인지도 모를 숫자.

놀람은 그것으로 그치지 않았다.

굳어진 그의 뒤로 다시 날아드는 사나운 기척.

신형을 돌리면서 수중의 칠보산으로 천뢰산반사십팔식을 휘저어냈다.

퍽퍽퍽!

웅장한 강풍에 어육이 되어 튕겨져 나가는 것들을 본 천금수왕 옥도패의 얼굴이 구겨지다 못해 일그러졌다.

덮쳐든 것들은 박쥐 떼.

대체 몇 마리인지 짐작도 안 되는 박쥐 떼가 어둠을 뒤덮고서 동이로 쏟아 붓듯이 그를 향해 날아들고 있었다. 다른 곳 아닌 천금수왕 옥도패에게만 달려드니 그 형상은 정말 기괴했다.

하지만 그것이 문제가 아니었다.

그가 까마귀와 박쥐 떼를 쓸어버리며 질린 기색이 될 때였다.

박쥐 떼 가운데에서 불쑥 솟아 나오는 가공할 혈광!

그것이 그 괴물, 일명의 핏빛 눈빛임을 그가 아는 것은 정말 오래 걸릴 일이 전혀 아니었다.

"타—아—앗!"

천금수왕 옥도패는 전력을 다해 천뢰산반사십팔식 가운데 절초인 천뢰적요(天籟寂寥), 보광만천(寶光滿天)을 잇달아 펼쳐 내면서 뒤로 물러났다.

그는 정말이지 저 괴물과 맞서고 싶지 않았다.

콰광!

폭음과 함께 그가 쏟아낸 강풍이 일명에게 격중했다.

"크크크……."

일명은 괴악하게 웃으며 소매를 쓸어내는 것으로 천금수왕 옥도패가 쏟아낸 공세를 처흩트렸다. 결코 그처럼 쉽게 흘려낼 수 없는 일격임에도 일명은 아무렇지도 않은 듯 일격을 받아내곤 이미 천금수왕 옥도패를 덮치고 있는 것이다.

쾅!

비칠거리면서 천금수왕 옥도패가 비틀, 물러났다.

천뢰신반사십팔식을 펼쳐 막고, 다시 달려드는 일명에게 금왕수를 쳐냈음에도 뻗어오는 주먹 하나를 막아내기 어려웠다.

그런 그를 향해 날아드는 일명의 공포스러운 일격.

어둠의 망망대해.

그 가운데 오직 주먹 하나만이 날아오고 있는 것 같았다.

"대, 대체 왜 이렇게 나를 쫓아오는 것이냐!"

천금수왕 옥도패가 일그러진 얼굴로 고함쳤다.

"크으으…… 왜 쫓아오느냐고? 왜냐고?"

일명은 살기에 가득 찬 부르짖음과 동시에 양손을 손뼉 치듯 세차게 부딪쳤다.

꽝!

벼락치는 폭음과 함께 강력한 폭풍이 그 일식에서 일어났다. 가공할 기세가 뇌전과 같이 천금수왕 옥도패에게 쏟아져 나갔다.

"크악!"

마침내 천금수왕 옥도패가 그 일격을 견디지 못하고 튕겨 나가 피를 토하며 쓰러지고 말았다.

하지만 일명 또한 신음을 흘리며 비틀비틀 물러났다. 적지 않은 타격을 받은 모습이었다.

공포스럽도록 흉하게 일그러진 얼굴.

"크으으윽…… 참마팔버업……."

일명은 전신을 떨면서 신음을 흘렸다.

그가 방금 펼친 무공이야말로 소림호사무공인 참마팔법 가운데 천뢰전참마였다. 체내의 양강지력을 모아 그 충돌로 벼락이 터지듯 적을 공격하는 파사신공(破邪神功)!

그런데 지금의 일명이 그 무공을 시전하니 천살지기가 발현(發現)한 자신을 공격한 셈이 되어버렸다. 참마팔법은 전문적으로 마공, 마기를 공격하는 무공인지라 이미 천살지기가 발동한 일명 또한 천금수왕 옥도패 못지않게 타격을 받게 된 것이다.

눌러두었던 천살지기가 폭주한 일명은 이미 거의 제정신이 아니었다.

천금수왕으로서는 무슨 일인지 알 수가 없다.

대체 자신이 왜 공격을 받는 것인지조차 알 수가 없었다.

그러나 그는 이 순간의 기회를 놓치지 말아야 함을 직감했다.

"공격! 모두 이놈을 공격해!"

그는 미친 듯, 땅바닥을 굴러 그 자리를 벗어나면서 소리쳤다.

단 한순간에 그의 신형은 이미 십여 장 밖으로 벗어나고 있었다. 말 그대로 죽을힘을 다해 일명에게서 벗어나려는 것이다.

"크흐흐…… 도망칠 수 있을 것 같으냐?"

일명의 입에서 음악한 괴소가 터져 나왔다.

그의 신형이 둥실 떠올라 천금수왕을 향해 날았다.

표행의 마차 수십 대는 일렬로 성화장을 향해 가고 있던 중이었다. 다급해지자 마차들은 놀란 말이 폭주하면서 뒤엉켜 이미 일자가 아니라 정체를 알 수 없는 진도(陣圖)처럼 뒤엉켜 버린 상태였다.

천금수왕은 그 가운데로 죽을힘을 다해 도주했다. 그의 명을 받은 자들은 천금수왕의 뒤를 추격하는 일명을 공격하기 시작하였다.

그것은, 지옥이 현실로 변하는 것의 시작이었다.

퍽! 퍼억…….

"크억."

"으아악……."

둔탁한 소리와 처절한 신음.

일명을 공격한 자들은 단 하나도 살아남지 못했다.

쾅!

일명의 눈앞에서 마차 하나가 산산조각나 흩어졌다.

마차 안에 있던 짐들이 사방으로 튕겨져 나갔다. 그 가운데 그림자 하나가 유령처럼 물러서고 있음이 보였다.

천금수왕 옥도패, 그가 죽을힘을 다해 도주하고 그 뒤를 일명이 쫓아가는 상황이 계속되고 있는 중이었다. 마차의 뒤로 돌아가면서 계속 일명의 눈을 피하려고 했지만 불가능했다. 수백 명의 고수들이 일제히 일명을 공격했음에도 일명은 아무런 타격을 받지 않았다. 그것을 보자 그는 감히 그 자리를 벗어날 수가 없었다. 엄폐물마저 없는 상황에서 추격을 당하면 어찌 될지 이미 너무 잘고 있는 그였던 까닭이다.

'대체 어디서 저런 괴물이…….'

그는 자신의 뒤를 쫓아오는 일명을 보면서 모골이 송연해졌다.

식은땀이 절로 흘렀다.

일명의 전신에서는 검은 안개 같기도 하고 불길 같은 기운이 점점 더 크게 일어나 주위를 덮고 있었다. 그 검은 기운에 휘말리면 멀쩡한 사람도 제정신을 차리지 못했다.

검은 구름이 하늘을 가리고 천지가 온통 어둠으로 휘감겼다.

"크—학!"

난데없이 물러서는 천금수왕을 향해 검도 두 자루가 무섭게 날아들었다. 등과 다리를 노리는 절묘한 공격.

만만한 솜씨가 아니었다.

바로 살수들의 기습이니 너무 당연한 일일 수밖에.

"이놈들이 미쳤나!"

천금수왕 옥도패는 기가 막혀 입을 딱 벌렸다.

자신을 공격한 살수들은 바로 자신의 명을 받아 이 표행을 공격한 자들이었기 때문이다.

그렇게 시작되었다.

일명을 공격하던 자들은 하나도 살아남지 못했지만, 놀랍게도 그를 공격하던 살수들 중 일부는 동료를 공격하기 시작했던 것이다. 장내는 온통 혼란의 도가니였다.

적아를 구분하기 불가능했다.

전멸 직전에 일명이 나타남으로 인해 한숨을 돌리게 된 표행의 사람들은 구원의 손길이 미친 걸로 알고 일순 환호했지만 이내 공포에 질려 사방으로 도주하기 시작하였다.

일명은 그들이라고 봐주지 않았던 것이다.

아수라장이 따로 없었다.

"어떻게 저런 일이……."

장내에 도착해 그 광경을 본 운혜군주 주지약은 놀라 벌린 입을 다물 수가 없었다.

한 번도 저런 광경은 상상조차 해본 적이 없었다.

그것은 그녀에 한발 앞서 도착한 탁검룡도 마찬가지였다.

마치 지옥이 현세(現世)한 것을 보는 것 같았던 것이다.

"대체 저게 누구길래?"

탁검룡도 홀린 듯 중얼거렸다.

상상하기도 어려운 무위였고, 위력이니 그가 벌린 입을 다물지 못하는 것도 전혀 무리가 아니었다.

"으악!"

일명의 앞을 미처 피하지 못했던 표행의 종자가 일명의 손짓에 피떡이 되어 날아갔다.

어둠 속에서 마침 일명의 모습이 정면으로 보였다.

"맙소사!"

그 광경을 본 운혜군주 주지약이 놀라 신음을 터뜨렸다.

"아는 사람이오?"

"그래요. 세상에…… 어떻게 저런 일이!"

그녀는 발을 굴렀다.

헤어진 지 불과 얼마 되지 않았다.

그럼에도 빛나던 대머리가 저렇듯 장발이 되어 제멋대로 휘날리고 있어 미처 알아보지 못했다. 알아볼 수가 없었다. 하지만 저 기괴한 광경은 너무도 선명히 그녀의 뇌리에 박혀 있었다.

잊을래야 잊을 수 없는, 그날.

그 꼬마 운비룡의 변신을 어찌 잊을 수 있을까.

그런 와중에 기괴하게 일그러진 공포스러운 얼굴과 그가 걸친 승포를 보자 그가 일명임을 운혜군주 주지약은 직감할 수가 있었다. 그것은 직감이라도 해도 좋았다.

"으아아—악!"

천금수왕 옥도패의 입에서 처절한 비명이 터져 나왔다.

마침내 일명의 손에 잡히고 만 것이다.

자신을 공격하는 살수를 피해 마차의 바닥을 통해 반대쪽으로 몸을 번개처럼 굴러갔는데, 하늘에서 일명이 날아 내리는 바람에 피할 수가 없어 일명의 공세를 맞받아야 했다.

이를 악물면서 칠보산을 휘둘렀다.

거기에 더해 금왕수까지 전력을 다해 뻗어냈다.

하나 그의 사력을 다한 공세는 모두 허탕을 치고 말았다.

평소 그답지 않게 이미 공포에 질린 그였기에 일명을 보자마자 혼비백산, 전력을 쏟아냈는데 일명은 어느새 그의 옆으로 돌아가 있었던 것이다.

쏟아냈던 금왕수가 빙글 돌면서 일명의 목을 쳐갔다.

구명절초인 반혼추명(返魂追命)!

하지만 일명은 신형을 돌리는 사이에 그 임기응변의 일격을 피하거나 막는 것이 아니라, 손을 내밀어 그 팔을 잡아버렸다.

'말도 안 돼!'

천금수왕 옥도패의 얼굴에 불신의 빛이 떠올랐다.

그의 금왕수는 강호일절이라고까지 불리는 것이었다.

도검조차 두려워하지 않는 것임에도 그걸 이렇듯 잡다니…….

하지만 그의 놀람이 채 끝나기도 전에 우두둑! 소리와 함께 그 팔이 뜯겨져 나갔고 그는 처절한 비명을 질러야만 했다.

일명이 팔을 잡는 순간에 팔을 끊어낸 것이다.

그의 능력은 천살지기가 발동하기 전보다 두 배는 더 강해져 있었다.

천금수왕이 지금의 일명을 상대할 수가 없는 것은 당연했다.

게다가 천살지기가 발동된 일명의 기세는 일반 무공과는 아예 달라서 더욱 상대하기가 어려웠다. 지금의 일명을 막아내려면 백존회 십대천좌 급의 고수가 아니라면 불가능했고, 마공을 익힌 고수라면 방법이 없을 정도였다.

피를 보기 시작한 일명은 점점 더 강해지고 있는 중이었다.

말 그대로 공포의 존재가 지금의 일명이었고, 이대로 살육이 계속된다면 전설처럼 피에 미친 악귀(惡鬼)가 되고 말 것이 분명했다.

아니, 어쩌면 그보다 더한 존재가 될는지도 몰랐다.

그것을 증명하듯……

"커헉?!"

천금수왕은 두 눈을 부릅떴다.

경악과 공포로써.

그를 쏘아보는 일명의 눈.

그 눈은 일명의 이마 한가운데에서 홍옥처럼 빛나고 있었다. 사람의 눈이 아니었다. 사람의 눈이 어찌 이마 한가운데에서 저렇듯 요기로운 빛을 뿌릴 수가 있단 말인가!

그 눈과 마주하는 순간에 천금수왕은 혼백이 온통 으스러지는 고통을 느껴야 했다.

갑자기 발을 헛디뎌 까마득한 천 장 절벽에서 떨어지는 공포(恐怖)!

천살(天殺)의 기운을 지닌 자가 태어나리니,
세상은 그를 보매 공포에 질려 숨을 멈추리라.
무림은 피로 물들고, 강호는 시신이 산을 이루리니……
천하가 죽음의 공포에 떨게 되리라.

第十二章

사랑은 저주를 넘고……

첫째 마당

"그, 그렇군! 처…… 천살지령. 그래, 천살지령이었구나!"

피가 분수처럼 쏟아지는 팔뚝을 움켜잡고 주춤거리며 물러나던 천금수왕 옥도패가 실성한 듯 부르짖었다.

"저, 정말 천살지령을 지닌 자가 나타나다니……."

이미 백존회에서는 일명에 대한 소문이 돌고 있었다.

그러나 그것에 대해서 천금수왕은 믿지 않았었다.

그것은 까마득한 전설일 뿐이었다.

그런데 그것을 눈앞에서 보게 되다니.

대체 언제 나타난 것일까?

저 이마에 나타난 혈안(血眼)은.

팔이 뜯겨 나가고 고개를 들자 보였다.

그리곤 정신이 아득해졌다.

그는 마공을 수련한 사람이 아니었다. 그의 무공은 속가정종의 것으로 근본은 유가(儒家)에 있어 심지견정함을 중요시했다. 상인이란 냉철하지 않으면 판단을 제대로 할 수 없으니까.

그러하기에 그는 일명의 천살지안을 대하고도 천요랑군과 달리 단숨에 함락되지 않을 수 있었다.

무공을 지니지 않았을 때의 일명에게 천요랑군과 같은 고수가 쩔쩔맸으니, 지금의 일명이라면 그 위력은 가히 설명이 불가능할 정도였다. 천금수왕이 마공을 수련한 사람이었다면 단숨에 심력이 고갈되면서 무너졌을 것이지만, 그렇지 않았기에 이렇게나마 버틸 수가 있는 것이었다. 하나 그것이 무슨 소용이랴.

검붉은, 사악한 불길.

일명의 주위에서 사방으로 퍼져 나가던 검은 기운은 일명의 주변에서는 이제 검붉은 불길처럼 타오르고 있었고, 그 불길의 범위에 있거나 그의 눈길을 받은 사람들은 모두 미쳐서 서로를 죽이고 있었다.

하늘에는 검은 구름이 밀려들고……

땅에서는 박쥐 떼와 까마귀 등의 새 떼가 이리 날고 저리 부딪치고 있어 세상의 말일이 도래한 것만 같았다.

이미 적아의 구분조차 없었다.

말 그대로 지옥도가 펼쳐져 피보라가 넘실거렸다.

"막아야 해!"

신형을 날리려던 운혜군주 주지약이 뒤를 돌아보았다.

그녀를 탁검룡이 잡았기 때문이다.

왜냐고 그녀의 눈이 물었다.

"위험하오. 저자는 정상이 아니니 자칫하면……."

"내가 아니면 누구도 저 사람을 막을 수 없어요……!"

갑자기 그녀의 신형이 굳어졌다.

"미안하오."

탁검룡이 쓰러지는 그녀를 부축했다.

"이, 이게 무슨 짓……!"

그녀는 이내 말문을 닫아야 했다. 탁검룡이 그녀의 마혈뿐 아니라, 아혈까지 점해 버려 말을 할 수가 없게 되어버렸기 때문이다.

그녀의 눈이 불신과 경악으로 커졌다.

탁검룡은 그녀를 안은 채로 숲 속 어둠으로 물러났다.

그리고 이내 그들이 있던 곳으로 일단의 사람들이 들이닥쳤다.

운혜군주의 뒤를 따르던 송왕부의 무사들이었다.

"맙소사! 저게 무슨 일이냐?"

앞선 위사장이 장내의 상황을 보고는 경악해서 부르짖었다.

도달한 모든 위사들도 놀라기는 마찬가지였다.

누가 저 공포스러운 광경을 보고 놀라지 않겠는가.

"군주님은? 군주님은 어디에 계시나?"

"모르겠습니다! 보이지 않습니다!"

"큰일났군! 저기로 가신 거라면, 안 되겠다. 모두 나를 따르라!"

초조하게 주위를 살피던 위사장은 끔찍한 상황에서 운혜군주의 모습이 보이지 않자 당황하여 장내로 달려가기 시작했다.

"……."

그 광경을 탁검룡은 어둠 속에서 바라보고 있었다.

"……?"

운혜군주 주지약은 자신을 내려다보는 그를 불신에 가득 찬 눈으로 보았다.

당금의 상황이 단순히 자신을 막기 위해서, 자신을 보호하기 위해서가 아님을 직감할 수가 있었던 것이다. 자신을 위한 거라면 저들이 저렇게 사지로 가도록 자리를 피할 이유가 없었기에.

"이렇게까지 하고 싶진 않았지. 하지만 이건 황상의 명이니, 날 원망하지 마시오."

탁검룡은 굳은 얼굴로 말하곤 다시 시선을 돌렸다.

대체 저 괴물이 어디서 어떻게 나타난 것인지 이해가 가지 않았다.

원래대로라면 저 표행은 자신의 손에 들어와야 했다.

오늘 동원된 전력이라면 어지간한 문파 하나를 단숨에 초토화할 수 있는 것이었다. 그런데 천금수왕까지 나타나고서도 저 모양이 되도록 막강하다니…….

"도저히 사람이라고 할 수 없는 존재로군……."

탁검룡이 참지 못하고 중얼거렸다.

"으악!"

"으아—악!"

죽이고 죽고, 처절한 비명의 도가니.

"대, 대체 왜 이러는 것이냐? 나, 나는 너를 본 적도 없는데……."

천금수왕 옥도패는 흉하게 일그러진 얼굴로 몸서리를 치듯 머리를 흔들면서 소리쳤다.

눈을 뜰 수도 없고, 그렇다고 감을 수도 없다.

일명의 이마 가운데 뚜렷이 드러난 저 혈안(血眼)!

어찌 사람의 이마에 또 하나의 눈이 드러날 수가 있단 말인가.

저 눈을 마주한 순간, 천금수왕 옥도패는 오늘 자신이 횡액을 벗어날 가망이 백에 하나, 아니, 만에 하나도 없음을 깨달았다.

저 무서운 살기의 이글거림.

형용조차 하기 어려운 공포가 만장심연에서 치솟아오르는 듯 소름이 끼치며 전신의 힘이 모조리 사라져 버렸다.

"본 적이 없다고? 크크크…… 크크크으…… 인간이되, 인간이 아닌 놈은 살 가치가 없지……. 언제까지 진실을 숨길 수 있을 것 같으냐? 자, 말해! 진실을……."

일명이 천금수왕을 향해 손을 내밀었다.

끔찍한 혈광이 그 손, 다섯 손가락에서 이글거리며 주위로 퍼져 나가고 있었다.

어둠을 공포로써 밝히며.

"나, 나는 정말 모르……."

천금수왕 옥도패는 공포에 질려 더듬거렸다.

그와 같은 고수는 죽을지언정, 결코 공포에 질리지 않는다. 이미 스스로를 다스리는 경지에 도달했기 때문이다.

그러나 지금의 이 공포에는 저항할 방법이 없었다.

그런데 바로 그 순간.

"아미타불! 이 녀석, 손을 거두지 못할까!"

범종(梵鐘)과 같은 불호 소리가 천둥처럼 장내를 떨어 울렸다.

"큭!"

누구도 감히 건드릴 수 없었던 일명, 그가 갑자기 비틀, 한 걸음을 뒤로 물러났다.

동시에 천금수왕 옥도패는 자신을 짓누르던 그 무서운 기세가 일순 흩어짐을 직감했다.
찬물을 뒤집어쓴 것 같았다.
정신이 번쩍 났다. 그처럼 벗어나고자 해도 할 수 없었던 심령의 공제에서 한순간 자유로워졌던 것이다. 그는 벼락이라도 맞은 듯 몸을 훌쩍 튕겨 땅바닥을 굴러 마차의 밑을 지나 반대편으로 도주했다.
보고도 믿기지 않을 빠르기.
"가—암히!"
일명이 그것을 보고 대노하여 일장을 갈겨냈다.
쾅!
마차가 단 일수에 산산조각이 나버렸다.
채 몸도 일으키지 못한 천금수왕 옥도패의 전신에 그 파편이 쏟살처럼 퍽퍽, 박혀들었다. 호신강기가 이는 수준의 고수가 아니었다면 즉사를 하고 말았을 타격이었다.
"크윽……."
천금수왕이 신음을 흘리다 혼비백산, 몸을 뒤로 튕겼다.
일명이 눈앞으로 날아들고 있음을 본 까닭이다.
그러나 그 거리에서 일명을 피할 방도는 없었다.
하지만 그때 터져 나온 불호.
"아,미,타,불! 정신 차리지 못할까!"
호통과 함께 일명의 앞을 막아서는 사람 하나.
"크악!"
무섭게 날아들던 일명이 괴로운 표정으로 얼굴을 일그러뜨렸다.
불호와 함께 그를 친 강력한 타격 때문이 아니었다. 그의 몸은 천살지기가 발동하면서 비할바 없이 영활해져 기운이 움직이면 몸이 저절로 따라 움직였다. 그러니 그런 타격쯤이야 공격해 오는 순간에 호신강기로 방어가 되는 상태가 지금의 일명이었다.

저 불호가 그의 뇌리를 공격해 그를 괴롭게 하고 있는 것이다.

그 불호는 불가의 항마후로 지금의 일명에게 극성이라 할 수 있었다.

"아,미,타,불! 설마했더니 정말 너로구나!"

기가 막힌 듯 일명의 앞에서 범종을 두드리듯 크게 다시금 불호를 외는 그는 바로 광승이었다.

하긴 이마 한가운데에 제삼의 눈이 생겨나고 장발에다 저 기괴하게 변한 일명을 어찌 한눈에 알아볼 수가 있을까.

"크으으…… 비켜랏!"

일명이 갑자기 고함치면서 일권을 쳐냈다.

검붉은 기운이 폭풍처럼 일며 날아들었다.

"아미타불! 네 이놈!!"

광승은 불호를 외며 마주 일권을 쳐냈다.

주먹을 쥔 듯한데, 실제로는 권력을 쳐낼 때의 그 꽉 쥔 주먹이 아니었다. 말아 쥔 듯한 그 주먹에서는 기이한 힘이 어렸다.

피—휴—웅!

두 사람의 권경이 서로 마주치자 폭음 대신 기이한 소리가 들리며 주위로 맹렬한 경풍이 일어났다.

거대한 태풍!

마차가 훌떡 날아가 뒤집혀 뒹굴고 사람들이 이리저리 튕겼다.

항마후로 인해 일명의 마력에 의해 정신을 잃었던 사람들이 정신을 차리고 반쯤 넋이 나가 주위를 두리번거렸다.

"윽……."

신음을 흘리며 주춤거리면서 물러나고 있는 것은 광승이었다.

일신에 추측할 수 없는 무공을 지닌 그도 일명을 제어하지 못하는 것이다.

그것을 증명하듯 일명은 어깨를 한 번 흔들었을 뿐, 전혀 뒤로 물러나지 않고 사납게 광승을 쏘아보고 있었다.

'그간 고련(苦練)한 달마신권을 사용하고도 이렇다니…….'

광승은 이미 소림사에서 지난 백여 년간 사용한 사람이 없었던 달마신권을 펼쳤음에도 일명을 제압하지 못하자 굳은 얼굴이 되었다.

"비키지…… 않으면 죽인다!"

일명은 광승 대신 그 뒤에서 엉금엉금 뒤로 물러나고 있는 천금수왕을 바라보면서 뿌드득! 이를 갈아붙였다.

공포스러운 모습이었다.

"멍청한 놈! 목노께서 목숨으로 너의 심령을 지켜주었거늘, 겨우 이 정도란 말이냐? 당장 미혹에서, 그 악귀에서 벗어나지 못하겠느냐?"

하지만 그를 보는 광승은 오히려 두 눈을 부릅뜨면서 노호했다.

"목…… 노……!"

문득 일명의 얼굴이 일그러졌다.

까마득한 가운데 떠오르려는 얼굴.

목노.

그 얼굴…….

순간, 뇌리 깊은 곳에서 시뻘건 화염이 무섭게 일어났다.

죽여!

죽여라!

모든 것을 다 죽여라!!

천하를 피로 덮어버려라. 인면수심의 인간들을 벌하라!!!

"크아악!"

일명은 머리를 움켜쥐고 신음을 터뜨렸다.

그리고 다음 순간에 미친 듯이 광승을 향해 덮쳐들었다.

콰콰아아…….

가공할 위세가 하늘을 가리며 일었다.

"모두 도주하시오! 내가 막을 수 있는 시간은 얼마 되지 않을 것이오! 아,미,타,불!"

광승은 다시 항마후를 터뜨리면서 달마신권을 쳐냈다.

달마신권의 공효(功效)는 부드러움으로 강함을 이기는 것이다. 그러하기에 상대가 아무리 강해도 그 힘을 받아들이고 받은 만큼 돌려주는 소림칠십이예 중에서도 최정첨(最頂尖)의 무공이었다.

그럼에도 일명을 막을 수 없었다.

콰아—앙!

격돌하는 힘을 이기지 못하고 주변의 마차 서너 대가 한꺼번에 박살이 나 흩어졌다.

남은 사람들이 공포에 질려 사방으로 도주하기 시작했다.

일명을 막고 있는 광승의 모습은 실로 위태롭기 이를 데 없었다.

바로 쓰러져도 이상하지 않았다.

그러니 어찌 감히 그 자리에 머물 수가 있을 것인가.

그런데 바로 그때였다.

"옴 이베이베 이야 마하 시리예 사바하!"

거대한 힘을 가진 불호 소리가 일제히 합창하듯이 터졌다.

산천초목이 온통 다 흔들리는 것 같았다.

"컥!"

막 전력을 다한 일격을 쳐내려던 일명의 전신이 휘청였다.

그 불호야말로 일체의 천마외도를 항복받는다는 불가의 관세음보살 전왈라수진언(觀世音菩薩囀曰羅手眞言)이었기 때문이다.

주춤, 일명이 괴로운 빛으로 한 걸음을 물러나자 광승은 겨우 한숨을 돌릴 수 있었고, 그들을 둘러싸며 한 무리의 사람들이 모습을 드러냈다.

십팔 인의 승려들.

선두에 선 자는 대우.

바로 소림삽팔나한이 모습을 드러낸 것이다.

"아미타불…… 일명은 나를 보거라!"

대우는 흉신악살처럼 얼굴을 찡그리고 있는 일명을 향해 크게 소리쳤다.

"옴 이베이베 이야 마하아…… 네 사부인 대우이니라. 나를 알아보겠느냐?"

그는 재차 항마법후를 부르짖으며 일명을 불렀다.

"크앗! 크으으으……."

일명은 머리를 움켜잡으면서 신음을 흘렸다.

아무것도 무섭지 않았다.

천지가 핏빛이었다.

무엇이라도 눌러 죽여 버릴 수가 있을 것 같았다.

그런데 저 불호 소리만은 듣기 싫다.

나를 이렇게 괴롭게 하는 저것들을 모조리 죽여 버리고 말겠다. 그것이 설사 사부라 할지라도…….

사부?

일명은 문득 기괴한 느낌에 사로잡혔다.

하지만 그것이 다였다.

그는 이미 악마의 천살지령에 사로잡혀 있었다.

그의 몸은 그의 정신이 시킨 바가 아닌 살육의 본능에 사로잡혀 십팔나한을 공격해 들어가고 있었다.

검붉은 혈기가 그의 손짓에 따라 하늘을 가리며 일었다.

이미 권각을 휘두르는 수준이 아니었다.

쾅!

콰콰쾅…….

초식의 대결이 아닌 진신내력의 대결.

가장 위험한 대결이 벌어졌다.

대우는 이런 싸움이 벌어질 것은 꿈에도 생각하지 못했고, 바란 적도 없었다. 그러나 일명이 막무가내로 달려들자 진언(眞言)을 욀 틈도 얻지 못했고 그들 십팔나한은 천하에 이름 높은 십팔나한진을 전심전력으로 펼쳐 일명을 상대해야만 했다.

그런데도 놀랍게도, 일명의 일격이 가해질 때마다 십팔나한진은 무너질 듯 들썩거렸다.

지금 일명이 발휘하고 있는 위력은 정말 인간이 보일 것이 아니었다. 그를 막고 있는 것이 십팔나한진이 아니었다면 막는 것 자체가 불가능했을 터였다.

끊임없이 돌아가는 차륜(車輪)!

십팔나한진에 갇힌 사람은 열여덟 명을 한꺼번에 상대해야 했다.

끊임없는 순환, 윤회(輪廻)를 상징하는 그 진세는 한 사람을 공격하는 것이 불가능한 것이다.

쾅!

"으윽!"

그럼에도 십팔나한진의 한쪽이 금방이라도 무너질 듯 출렁거렸다.

가공할 위세에 흙먼지가 하늘을 가려 아무것도 보이지 않는 가운데, 까마귀에 밤새, 박쥐까지 미친 듯이 진세를 향해 내리 덮쳐 진세가 제대로 펼쳐지기가 어려웠다.

그런데, 그런 결정적인 위기에 들려오기 시작한 불호.

"다냐타 바로기예 사바라야 살바도따 오하야미 사바하……."

마군을 항복받는다는 불가의 관세음보살총섭천비수진언(觀世音菩薩總攝千臂手眞言)이었다.

광승이 진세 밖에서 손뼉을 치면서 진언을 외고 있었다. 목탁을 쳐야 하지만 술병을 입에 물고 다니는 그가 평소에 목탁을 지니고 다닐 리 만무하니 손뼉을 치고 있는 것이다.

"크으으……."

일명이 신음을 흘리며 광승을 바라보았다.

그 눈에는 살기가 흉맹하게 넘실거리고 있었다.

그 눈에 비친 세상은 온통 핏빛이었다.

그런 그의 뇌리를 관세음보살총섭천비수진언은 마치 망치로 종을 울리듯 치고 있으니 화가 나지 않을 수가 없었다.

그때였다.

기이한 소리가 그의 뇌리를 울리기 시작한 것은.

둘째 마당

천하의 나한진.

무적이라 일컬어지는 십팔나한진마저 깨지려는 것을 보자 암중에 그것을 지켜보고 있던 탁검룡은 가슴이 서늘해졌다.

저런 괴물이 대체 어디서 나타난 것이란 말인가.

"여길 떠야겠소."

탁검룡은 안고 있던 운혜군주에게 말했다.

"……!"

아혈을 제압당한 운혜군주는 두 눈을 부릅뜬 채 그를 쏘아보고 있었다.

정말 믿을 수가 없었다.

탁검룡은 경사에서 가장 멋진 사내였다.

모든 소녀들이 그를 연모했고 그런 그와 운혜군주는 대내에서 만나

진심으로 그를 좋아했었다.

그에게 시집을 가겠다고까지 생각하고 있었다.

그런데 이건…….

탁검룡은 그녀를 안아 든 채로 훌쩍 몸을 날렸다.

그의 팔에 목이 받쳐진 그녀는 저 멀리 장내의 일명을 볼 수 있었다.

검붉은 혈기에 휘감겨 마치 악마와 같이 노호하고 있는 일명.

그의 움직임에 따라 십팔나한진이 파도처럼 출렁거렸다.

하늘이 노호하고 땅이 울고 있었다.

믿기지 않게도 먹장구름은 점점 짙게 몰려들어 세상의 말일이 도래한 듯했다.

'제발! 제발 정신 차려, 비룡아…….'

일명의 모습을 본 그녀는 자신도 모르게 부르짖었다.

소리로 되어 나오지 않는 외침.

하지만 그 소리는 피를 토하는 그녀의 바람이었다.

'제발!'

그녀의 간절한 외침을 침묵으로 묻어버리고 탁검룡의 신형은 삽시간에 어둠 속으로 묻혀 버렸다.

일명은 자신을 주체할 수 없었다.

뇌리를 지배하는 것은 오직 살인. 복수뿐…….

어떠한 힘도 그를 이겨내기 어려운 상태였다. 힘으로 누른다면 누구도 그를 상대로 득세하기 어려울 것이었다. 설사 천존이 나타난다 할지라도. 그런데 그를 상대하는 사람은 일명이 천하에서 가장 상대하기 어려운 소림사의 선승들이었다.

대우의 공부가 비록 심경 대사에 미치지 못한다 할지라도 십팔나한진은 일시지간 그의 발호를 멈추게 했고, 거기에 광승이 토해내는 진언은 사갈과도 같이 일명의 정신을 괴롭혔다.

죽여 버리겠다!

일명은 그에게 살의를 품었다.

천살지령은 그를 지배하고 있다고 해도 틀리지 않았다.

그런데 그런 와중에 난데없이 그에게 느껴지는 기이한 감각.

누군가가 그에게 속삭이고 있었다.

—제발 정신 차려, 비룡아…….

죽어서라도 잊지 못할 음성, 그 목소리.

'약지?'

일명의 눈에 기이한 빛이 서렸다.

그는 부지중에 고개를 들었다.

펑!

일순, 우뚝 굳어버린 그를 십팔나한의 선장(禪杖)이 때렸다.

좌아악— 일명이 밀려났다.

그런 그를 향해 사방에서 선장이 날아들었다.

그것은 거의 한순간이라 해도 좋았다.

가공할 위력이 깃든 선장이 잇달아 쾅쾅! 일명을 쳤다.

나한진은 풍차처럼 돌면서 일명을 공격하고 있었다. 폭주하는 거대한 바퀴가 일명을 깔아뭉개는 것 같았다.

"다냐타 바로기예 사바라야 살바도따 오하야미 사바하……."

광승은 손에 결인(結印)을 맺은 채로 관세음보살총섭천비수진언을 쏟아냈다. 이마에서 진땀이 송골송골 맺혀 굴러 떨어진다. 그것은 그가 지금 얼마나 사력을 다해 이 항마진언을 외고 있는가를 웅변하는 것에 다름이 아니었다.

육체의 타격과 정신적인 공격.

내외의 협격(挾擊)에 일명은 지독한 고통을 당해야 했다.

그러나 그것은 일명의 정신을 깨우기보다는 오히려 살심을 촉발시켰다.

격렬한 살기로 일명이 폭주하려는 찰나에, 들려온 심어(心語)!

환각처럼 들려온 운혜군주의 그 염원.

천살지기의 발작으로 인해 제정신을 잃어버렸던 일명은 놀랍게도 그 한 소리에 정신이 번쩍 들었다.

천하를 울리는 나한진의 위력도 그를 잡아두지 못했고, 광승의 대지를 울리는 항마진언도 그의 정신을 되돌려 놓지 못했는데, 소리조차 나지 않은 운혜군주의 염원이 그를 폭주에서 깨어나게 만든 것이다.

약지.

운혜군주를 향한 일명의 정(情)이 아니라면 있을 수 없는 일이었다.

모든 것이 장난스러웠던 그였지만, 유독 운혜군주에게만은 그렇지 않았다.

그날 이후, 그의 가슴을 가득 채우고 있는 것은 부처님이 아닌, 바로 그녀였기에…….

그녀를 향한 사랑이었기에.

천살의 저주마저도 그를 붙들지 못했다.

"군주!"

일명은 고함쳤다.

동시에 양팔을 떨쳤다.

고오오오—

가공할 기세가 일며 그를 때리던 선장들이 일제히 튕겨 나갔다.

그리고 일명의 신형은 하늘로 떠올라 어둠 속으로 사라졌다.

보고도 믿기 어려운 무서운 속도였다.

믿기지 않게도 그 방향은 탁검룡이 사라진 쪽이었다.

"이런, 쫓아라! 놓치면 안 된다."

대우가 다급히 소리쳤다.

그들에 앞서 광승이 몸을 날렸다.

그의 경공은 소림일절이라 불린다.

광승의 신형도 순식간에 어둠 속으로 사라졌다.

남은 것은 지옥의 잔해뿐…….

그나마 성한 것은 제일 마지막에 여기에 온 송왕부의 위사대였다. 그들로 인해 표물은 지켜지리라.

*　　　*　　　*

탁검룡은 기괴한 느낌에 마음이 편치 않았다.

자신을 본 사람은 없었다. 그런데 누군가가 자신을 따라오는 것 같은 느낌이 들기 시작했던 것이다. 뒤돌아보면 보이지 않는다.

그러나 분명히 뭔가가 있는 것 같았다.

그렇지 않고서야 이처럼 명백하게 그 느낌이 급속도로 가까워질 수는 없을 것이기 때문이다. 멈추어서 뭔가를 확인해 볼까 싶기도 했지만 다가오는 속도의 놀라움에 그는 망설여야 했다.

'설마?'

잠시 숨을 죽이고 주위를 살피자 정말 누군가가 뒤따라오고 있음을 발견할 수 있었다.

가슴이 섬뜩해진 그는 전력을 다해 달리기 시작했다.

어둠을 뚫고 날아오는 속도가 너무 가공했기에, 놀라 그 자리를 벗어나려는 것이었다.

"게 서라아—!"

탁검룡의 뒷덜미를 붙들 듯이 혼백을 흔드는 외침이 들려왔다.

정말이었다.

저 정체 모를 자는 자신을 따라오는 것이다.

게다가 저 음성은?

"헉?"

힐끗 뒤를 돌아본 탁검룡은 심장이 튀어나올 만큼 놀라 입을 딱 벌리고 말았다.

놀랍게도, 불길하게도, 재수없게도…… 그의 생각대로 그의 뒤를 쫓아오고 있는 것은 바로 공포스러운 괴물이었다. 일명이 누군지 모르는 그였지만 천살지기가 발동한 다음의 그 공포스러운 모습은 평생을 두고도 잊혀지지 않을 정도로 각인되고 난 다음이다.

'왜 날 따라오는 거야?'

그는 소리치고 싶었지만 지금 멈추면 안 된다는 것은 알고도 남음이 있었다.

말보다는 먼저 머리통부터 부수고 나서 뭐라고 하겠지?

이런 씨팔!

늘 고고하던 그인지라 욕은 입 밖으로 내뱉은 적이 없었다.
그런데 지금은 심장이 입으로 튀어나올 만큼 다급한지라 자신도 모르게 욕이 튀어나왔다.
분명히 자신이 그 자리를 떠나올 때까지만 해도 그 자리에서 광분하던 놈이었는데, 왜 자신을 따라오는 것이란 말인가!
혹시나 해서 그는 방향을 바꾸어 달리기 시작했다.
흔적을 남기지 않기 위해서 나뭇가지를 밟고 몸을 날리던 것에서 숲속 아래로 몸을 날리기까지 하였다.
그러나, 불행히 예상대로 놈은 자신을 따라오고 있었다.
이어, 공포스러운 일격이 그의 등짝을 향해 날아들었다. 놀랍도록 빠르고 무섭게 강력했다.
더 이상 운혜군주를 안고서는 어떻게 할 방법이 없었다.
그는 운혜군주를 땅바닥으로 굴려 버리면서 몸을 틀어 옆으로 물구나무를 서며 재주를 넘었다.
쾅!
아슬아슬하게 그의 등을 스쳐 간 일격이 아름드리 느티나무 중동을 때렸다.
콰지지직…….
굉장한 소리와 함께 그 아름드리 느티나무가 뚝 부러져 비명을 내지르며 넘어가기 시작했다. 사방으로 나뭇가지와 잎이 눈 오듯 휘날리며 시야를 가렸다.
'대체 어떻게 된 놈이……!'
탁검룡은 그 광경에 기가 질렸다. 땅바닥에 내려서며 황급히 검을 움켜잡았다.

달려드는 놈을 향해 발검하려는 것이다.
그의 쾌검은 경지에 이르러 세상에 자랑해도 좋을 만했다.
하지만 앞을 본 그의 안색은 굳어지고 말았다.
그 괴물 같은 일명이 자신을 덮쳐 오는 것이 아니라 땅바닥을 굴러 흙투성이가 된 운혜군주에게로 가 그녀에게 손을 내밀고 있었기에.
"멈추지 못할까!"
소리치면서 달려가고 싶지만 그의 입에서는 아무런 소리도 새어 나오지 않았다.
소리없이 검집을 벗어난 검격(劍擊)이 일명을 덮쳤을 뿐.
그것은 정말 섬광과도 같았다.
번쩍 하는 사이에 삼 장여가 떨어져 있던 거리가 지척이 되었고, 이미 탁검룡의 검은 일명을 찌르고 있었던 것이다.

운혜군주는 신음을 흘렸다.
몸도 움직일 수 없고, 소리도 지를 수 없었다.
세차게 땅바닥을 굴렀지만 그녀가 할 수 있는 것은 아무것도 없었다. 그저 입술을 앙다무는 수밖에.
그런데 다음 순간에 그녀는 신음을 흘려낼 수 있을 뿐만 아니라, 전신을 움직일 수 있음을 깨달았다.
설마 던져진 충격으로 혈도가 풀렸단 말인가.
그런 일은 만에 하나라도 있을 수가 없다.
단순히 짚인 혈도라면 몰라도 고수가 짚은 혈도는 그렇게 풀리지 않는 법이다.
혈도가 풀린 것을 깨닫자 그녀는 황급히 몸을 일으켰다.

그러한 그녀의 눈에 기괴한 빛을 뿜는 핏빛 눈이 들어왔다.

이마에 생겨난 눈.

이마에 그러한 눈을 가진 일명이 원래의 두 눈에서도 핏빛을 흘리며 그녀를 보고 있었다.

놀랍게도, 믿을 수 없게도, 그녀를 보는 일명의 그 무서웠던 혈안(血眼)은 따스해 보였다.

뭐라고 형용하기 어려운 느낌이 그 눈에서 마음으로 전해져 왔다. 그것은 공포가 아니라, 가슴이 저미는 뭉클함이었다.

다른 사람이 아닌, 자신을 향한 뜨거운 마음.

그것이 가슴으로 눈으로 전해지고 느껴졌다.

"……."

일명이 말없이 손을 내밀었다.

운혜군주는 그 손을 잡았다. 따스함이 그 손을 통해 느껴졌다. 당겨주는 작은 힘에도.

"다치지 않았어?"

그가 물었다.

일그러진 음성이지만 일명의 목소리였다.

그 끔찍하고 사악한 힘이 깃든 음성이 아니었다.

"너…… 여길 어떻게? 정신을 차린 거야?"

운혜군주의 입에서 두서없이 말이 쏟아져 나왔다.

"누군가가 내게 말했어. 정신 차리라고…… 그 말을 들었어."

일명은 복잡하기 그지없는 눈빛으로 그녀를 보면서 입을 열었다. 하지만 검붉은 혈기가 이는 그 눈동자 깊은 곳에서 자신을 드러내는 그의 눈빛은 고통스럽고 힘들어 보였다.

운혜군주는 놀랍고도 믿기지 않아 되물었다.

"설마, 내 말…… 아니, 말을 한 것도 아닌데, 내 생각을 들었단 말이야?"

일그러진 웃음이 일명의 입가에 피어올랐다.

"지금의 나는 보통 사람과 다르거든……."

순간, 운혜군주의 안색이 돌변했다.

"위험해!"

그녀가 다급하게 부르짖었다.

탁검룡이 찰나 간에 일명의 등 뒤에 나타남을 보았기에, 그의 검이 무섭게 빛나며 뻗어나옴을 보았기에.

『소림사』 6권으로 계속…

少林寺內部建築佈局圖

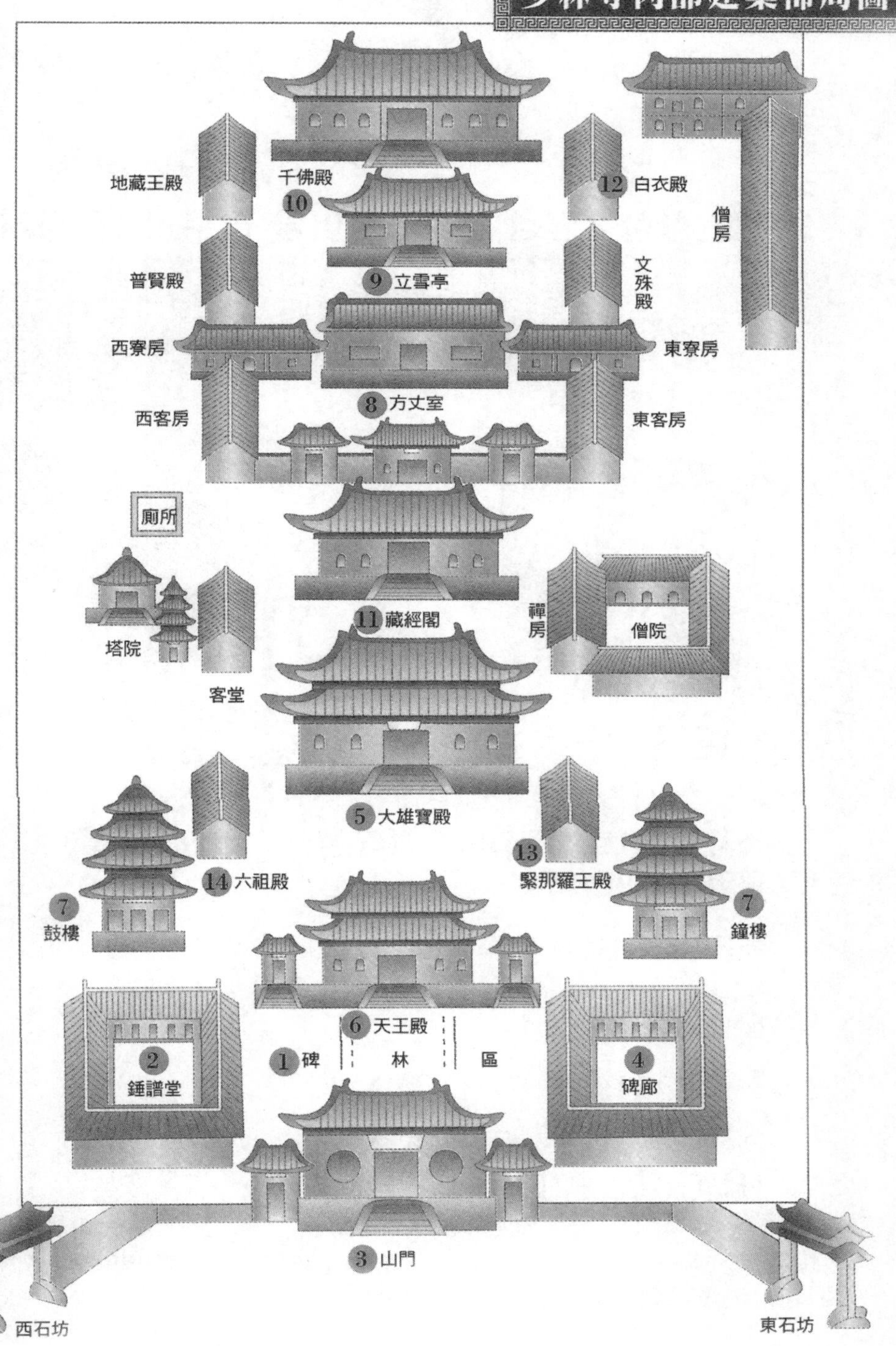

地藏王殿
千佛殿
10
12 白衣殿
僧房
9 立雪亭
普賢殿
文殊殿
西寮房
東寮房
8 方丈室
西客房
東客房
廁所
11 藏經閣
禪房
僧院
塔院
客堂
5 大雄寶殿
13
緊那羅王殿
14 六祖殿
7
鼓樓
7
鐘樓
6 天王殿
1 碑
林
區
2
錘譜堂
4
碑廊
3 山門
西石坊
東石坊